JN109327
Coverillustration :
Fusanosuke Inariya

孤独を知る異世界転移者は最強の王に溺愛される

火崎　勇
Yuu Hizaki

この物語はフィクションであり、実在の人物・
団体・事件等とは、いっさい関係ありません。

Contents

イラスト・稲荷家房之介

孤独を知る異世界転移者は
最強の王に溺愛される

全てが、消えた。

一瞬で全てが消えてしまった。

信じられなかった。

今までいた場所も、これから向かうはずだった場所も、消えてしまった。

どうしたらいいのかわからなくて、生臭い空気の中、ずぶ濡れでふらふらと歩いていると暗闇に小さな祠（ほこら）が見えた。

ああ、あそこは残ったのか。

……残っていても、仕方がないのに。

雨風を避けるためか、懐かしい記憶が蘇ったからか、俺はふらふらと祠へ向かった。

賽銭箱（さいせんばこ）の横を抜け、祠の扉を開けて中に入る。

強い風にギシキシと鳴る十畳ほどの板張りの部屋の天井には、白い馬の描かれた巨大な古い絵馬が掲げてある。

じいちゃんが言うには、あれは神様を乗せてどこへでも運ぶ神馬（しんめ）だということだった。

奥には、丸い小さな銅鏡が汚れた五色の布に飾られ、その前に刀が一本置かれている。

銅鏡は御神体で、そこに神様が映るとか、刀は明治時代に豪商が奉納したものだとか聞かされていた。

そのどこもかしこもが吹き込んだ雨で、もうびっしょりと濡れている。

「神様って、アメノイクタマノミコトっていうんだっけ？　何した神様か教えてもらってなかったなぁ」

でもきっと、馬と武器に関係する神様なんだろうな。

俺は刀を手にしてぎゅっと抱き締めた。

宮司（ぐうじ）もいない小さな祠。

何だかわかんないけど、昔から奉られてる神様だから、みんな信仰してた。じいちゃんも、ばあちゃんも、父さんも母さんも兄さんも。

俺もずっとこの前を通る時には手を合わせてお祈りしていた。

でも今の今まで、神様は何にもしてくれなかった。

「また、俺は間違えた。だから何の役にも立たないまま、また一人になっちゃうんだ」

……ああ、神様。

もしも本当に神様がいるなら、最期に一つだけ叶えて欲しい。

どこでもいいから、一人にならないところに行きたい。家族が待ってるところに行きたい。

誰かの役に立ちたい。

そんな場所へ運んで欲しい。

祠の外から、メキリッと嫌な音が響いた。

ああ、これで終わりだとわかった。

そして本当に、全てが終わった。

終わるはずだった……。


「君」

声がする。

「君」

軽く揺さぶられ、身体中に痛みを感じて目を開けると、目の前にはこちらを覗き込んでいる人がいた。

銀色のふんわりとした、肩より短く切った髪。オカッパくらいの長さなんだけど、オカッパって単語が似合わないくらい綺麗な髪形で、本人も美形だった。

その顔立ちはとても整っていて、中性的な美しさがある。

それに、よく見るとその瞳は青のような紫のような、不思議な色をしていた。

……神様だ。

こんな綺麗な人がうちの近所にいるわけがない。

きっとこの人は神様なんだ。

「生きてますか？」

神様に問われて答えようとしたけれど、全身の痛みと口の回りに付いた乾いた泥のせいで上手く言葉が出ない。

それでも何とか唇を動かした。

「神様……、俺だけ助かっても意味がないです……。このままみんなと一緒に……」

「君？」

いいんです。

助けてもらえなくても。

これがレスキュー隊の人なら、彼等が懸命に助けてくれた命だから頑張ろうと思うけれど、神様ならこのまま見逃していいです。一人だけ残っても寂しいだけだから。

「死にたいんですか？」

「……そうじゃない……です。ただみんなと……もう置いていかれたくない……」

それだけ答えると、俺はまた目を閉じた。

「君」

ごめんなさい。もう目を開ける力がないです。

「あ……りがとう……ござ……」

そして声も出なくなって意識を失った。

救ってくれようとしたのに、拒んでごめんなさい。

最期に特別な夢を見せてくれてありがとうございます。

あなたを見なければ、俺が最後に見た光景は辛くて悲しいだけのものだった。

でもあなたを見れたから、これから行くところが綺麗なところかもしれないという希望が持てました。

そこでまたみんなに会えるかもしれないって。

だからこの眠りは安らかなものだった。

そしてそのまま、目は覚めないはずだったのに……。

俺は再び目を開けることになった。

どれだけ時間が経ったのか、再び目を開けると、今度は部屋の中だった。

身体の痛みもない。

どうして？　と思いながら身体を起こすと、ちゃんと起きられた。

顔を触っても、さっき感じた乾いた泥の感じもない。包帯もなく、治療した様子も見られない。ただ、服は着替えさせられていた。

頭からすっぽり被(かぶ)る木綿(もめん)の長いシャツみたいなものだ。

病院……、じゃないよな。

見回した部屋は結構広くて、壁は木造だけど樹木とか鳥とかが彫られている。床も板張りだけどしっかりとした造りだし、ラグも敷いてあった。

横になってるベッドも、大きくて、高級ペンションみたいな感じ？

ここはどこだろう？

戸惑っていると、突然ドアが開いた。

「目が覚めましたか？」

「あ、神様！」

入ってきたのは、さっき見た神様だった。

すらりと長い首が際立つ切り揃えられた柔らかそうな銀の髪に、白と濃紺のコントラストが美しいローブを羽織ってる。

「私は神様じゃありませんよ」

その人は苦笑しながらベッドの横に置かれていた椅子に座ると、持ってきたカップを俺に手渡した。

「少しずつでいいから飲んでください」

「これは……？」

「ミルクにハチミツを落としたものです。三日も寝てたんですから、お腹も空いているでしょう。少し口にした方がいいですよ」

「三日……」

「あなたは私の家の庭に倒れていたんです。泥だらけで、剣を抱いて、身体中傷だらけで。どう見ても不審者ですね」

「庭……、ですか？」

「はい」

神様……、じゃないと言った人は微笑(ほほえ)んで頷いた。

「ここが私の家だと知っていらしたんですか？」

「いいえ」

「私が誰だか知っていますか？」

「神様……、だと思いました」

「どうして神様だなんて？」

「とても綺麗な人だったから。それに、見たことのない髪の色だし」

「ふふ、ありがとうございます。ではどうやってここに来たのか覚えていないんですね？」

「はい」

「誰かに襲われたんですか？　魔獣とか」

「魔獣？　いいえ、山津波に呑み込まれたんだと思います」

「この近くに山はありませんが」

「ここは天津下村（あまつしもむら）から遠いんですか？」

「アマツシモ村？　聞いたことのない名前ですね」

俺達は無言で見つめ合った。

「……俺は藤村立夏（ふじむらりっか）といいます。リッカでいいです」

「私はエリューン・ルスワルドです。エリューンと呼んでください」

エリューン……、日本人じゃないのは確定だな。日本語はとても上手いけど。

「まずは、助けてくださってありがとうございます、エリューンさん。俺、怪我もしてたはずですよね？　それも治療してくださったんでしょう？」

「ええ、まあ」

「じゃあ、どこかで治療されてからここに運ばれてきたのかもしれません。だってきっと骨とか折れてたのに、今は全然痛くないですから」

「リッカさん、まずは何があったのか話してくださいますか？　襲われたのではないのなら、何故あんな怪我をしていたのか気になります」

言われて、俺は目を伏せた。

言いたくないわけではないが、思い出すのは辛かったので。

でも、助けてくれた人に訊かれるなら、きちんと答えた方がいいだろう。

「俺は天津下村というところに住んでいました。ある日、豪雨で川が氾濫するというので、全村避難でみんな集会所に集まったんです」

天津下村は限界集落だった。

年寄りばかりで、一番若いのは俺。その次は五十を過ぎたおじさん達だ。

決められていた避難所の集会所に皆が集まって暫くしてから、山腹に住む陶芸をやってる加藤のおじいちゃんの姿がないことに気づいた。

自分は若いからと、加藤さんを迎えに出ると自ら手を上げた。

若い自分が役に立たなくてはという使命感だった。

雨は酷くなる一方で、不安を感じた誰かが集会所からの移動を口にしたけれど、俺と加藤さんを待ってからにしようということになった。

それなら早く行かなくてはと焦りながら山道を上っていた時、凄まじい音と共に山の斜面が崩れてきて、皆がいる集会所が呑み込まれてゆくのを見た。

崩れた斜面には、加藤さんの家があった。

一瞬にして全てが消えてしまった。

誰かが生き残っているとは思えない状況に呆然とし、激しい雨風に逃げることもできず、いずれ自分の立っている場所も崩れることを予感した。

目に入った近くの祠に飛び込んで、そこで自分にも訪れる死を待っていた。

皆と同じ場所へ行くのだろうから怖くはない、と覚悟を決めて。

「あの刀はその祠に奉ってあったもので、何かに縋りたくて抱いていたんです。暫くすると、メキッと音がして、祠の壁を突き破って土や木がなだれ込んで、飾られていた大きな絵馬が当たったところで意識がなくなりました」

心は苦しいのに、思っていたよりも淡々と説明できたことに自分でも驚く。

「次に目を開けた時には、エリューンさんに顔を覗き込まれていて、きっと神様がお迎えに来たんだろうと思ったんです」

俺の話を聞くと、エリューンさんは暫くじっと考え込むように黙っていた。

「先ほども言った通り、この近くにアマツシモ村という名前の村は存在しません。それどころか、嵐も起きていませんし、この近くに土砂崩れを起こすような山もありません」

「でも本当です……！」

「ええ、嘘を言っているとは思えません。リッカさんの持っていた剣は見たことのないものですし、あなたの服もそうでした。それに、ご自分でおっしゃったように、あなたは腕も足も骨が折れていて、到底一人で歩けるような状態ではありませんでした」

「それじゃ誰かが俺を……」

「いいえ」

彼はゆっくりと首を振った。

「このミリアの森には私の結界が張ってあるので、私が許可した者以外侵入できないようになっています」

「結界……？」

「ですからあなたがここにいること自体がとても不思議なことなんです」

「結界って、柵(さく)って意味ですか？」

「結界は結界ですよ？」

「ま……、魔法や術で張るあの結界？」

「ええ」

冗談……、を言っているようには見えなかった。ましてや夢を見ているとも思えない。

だって口にしたホットミルクは甘くて美味しかったし、咄嗟に抓った手は痛かった。

「私が魔法使いだと知って来たわけではなさそうですね」

彼はにこやかに問いかけた。

「魔法使い？」

「そうです。ここは魔法使いエリューンの隠れ家です」

「神様じゃなくて、魔法使い！」

驚きに声を上げた俺を、彼はじっと見つめてからふっと息を吐いた。

「本当に何も知らないのですね。てっきり困り事を頼みに来た人なのかと思ったのですが。でも、もしも私が魔法であなたの望みを叶えてあげる、と言ったら何を頼みます？」

驚き、興奮していた俺は、その言葉を聞いて苦笑した。

「叶わないことしか望んでいないので、何もありません」

「私はこれでも結構偉大な魔法使いなのですよ？　この世界で一番のお金持ちになりたいとか、

元いた場所に戻りたいとか願わないのですか？」

「誰もいない場所に？　村に戻っても、人も家もありません。お墓も流れたでしょう。俺が望むとしたら、全てが元に戻って、逝ってしまった人が帰ってくることだけです」

「……死は」

彼が困った顔をしたので、すぐに頷いた。

「無理ですよね。どんな物語を読んでも、大抵はそうです。でもあなたが本物の魔法使いなら、俺は現状に説明がつけられる気がします」

「どんな説明ですか？」

「異世界転移」

スマホで読んだラノベでは大流行の設定だ。

死んだと思ったら自分の世界ではない世界へ転移していた。まさにその通りじゃないか。

「異世界……」

「俺はここではない違う世界からやってきたんです。死ぬと思った時に、神様にお願いしました。一人ではない場所、家族のいる場所、役に立つ場所に行きたいって。家族はもうどこにもいないから無理ですけど、ここにはエリューンさんがいて、俺は一人じゃない。俺、あなたの役に立てますか？　それなら何でもします」

もしかして、神様が俺の願いを叶えてくれた？

だとしたらそれに応えたい。

「あなた、魔法は使えますか？」

「……使えません。俺は魔法のない世界から来たので。でも炊事洗濯、掃除は得意です。車の運転もできるけど、ここには車はないんでしょうね」

「車？」

「機械の力で動く、人を乗せて走る鉄の箱です」

「……ないですね」

「もし、合わないと思ったら追い出してもいいです。でも役に立つかも、と思ったら一緒にいてください。俺は……、俺でも何かの役に立つって思いたい」

彼は深いため息をついた。

その姿さえ美しい。

俺の世界なら、きっとトップモデルかアイドルになれただろう。

「わかりました。考えてみましょう。あなたの話も、俄(にわか)には信じられないことですから、もう少し詳しい話をしましょう。ただし、それはリッカの身体が本調子に戻ってからです。今は、もう少し眠りなさい。次に起きた時には一緒に食事をして、お互いのことをもっと話しましょう。いいですか？」

綺麗なだけじゃなく、優しい人だな。

「はい」

エリューンさんは俺の手から空になったカップを取ると、横になるように命じて布団を掛けてくれた。

「あの剣は私が預かっておいてもいいですか？」

「あれ、刀っていうんです。もちろん、いいです。鋳潰したりしなければ」

「そんなことはしません。では目を閉じて、おやすみなさい」

その一言は魔法の呪文だったのかもしれない。

だって、目を閉じたらすぐに眠りに落ちてしまったから。

悲しみと混乱と驚きがないまぜになって興奮していたはずなのに、彼が出て行く足音も聞けず、意識は深い眠りの中へと沈んでしまったから……。


再び目覚めてから、俺とエリューンはお互いの世界のことについて話をした。

まず不審者である俺から。

俺は藤村立夏という名前で、高校という学校を卒業してから通信の大学へ進みながら天津下村の村役場で働いていた。

ネット大学だけど、それは理解してもらえなかったので、書簡で勉強を教えてもらうシステムだと説明した。

村は山奥にあったので、若い人達は皆都会に働きに出て、若者は俺一人。あとは親世代から上の人ばかり。どうして俺が一人でその村にいたのかというと、祖父母が住んでいたからだ。

子供の頃は両親と兄と四人で都会に住んでいたが、兄が病気になり、病院へ連れて行くことになったので、俺は邪魔にならないように祖父母の家に預けられた。

それは家族の役に立ちたいという自分の願いからだった。

けれど結果、両親と兄は事故で亡くなり、俺は一人遺されてしまった。

あの時、我が儘を言えば出発が遅れて事故は回避できたかも、一緒に行きたいと言えば、一緒に逝けたかもしれなかったのに。

生き残った意味を見つけようと老齢の祖父母を助けるために、今度は彼等のために生きようと思ったけれど、子供だった俺は世話をしてもらうばかりで何も返せなかった。

やっと働くことができるようになって、家にお金も入れられるし、車の免許を取って村のみんなの足になれたと喜んでいたのだが、結果はまた一人遺されてしまった。

ちなみに、車はこちらでいう馬車だと説明した。

あの豪雨の夜も、加藤さんを迎えに行くという選択よりも、皆をもっと安全な場所へ移動しようという声に従えば何人かは助かったかもしれない。

俺が加藤さんを迎えに行くと言わなければ……。

選択した結果は、いつも何の役にも立たないまま一人遺される。それが辛いから、ここではエリューンの役に立ちたい。

自分が生き残ってよかった、と思えるようになりたい。

そう説明した。

一方、エリューンはこの世界では希代の魔法使いと呼ばれるほど力のある魔法使いだった。

俺の怪我を魔法で治してくれたのも彼だ。

ここはバルドラという国の西にある王家直轄のミリアの森。

住んでいるのはエリューン一人。

この世界には魔法だけでなく、魔獣と呼ばれる巨大で獰猛(どうもう)な獣がいるらしい。

その魔獣がスタンピードと呼ばれる大発生をすることがあり、エリューンは前回のスタンピードで王子達と出陣し、功績を上げた。

何か褒美(ほうび)をと言われたから、この森で静かに暮らすことを許してもらったのだそうだ。

「お城で贅沢(ぜいたく)な暮らしを望んだりしなかったの？　王女様と結婚するとか」

「王に娘はいません。王子が二人でした。そのうちの一人が今の王になりましたが」

魔法使いは魔法省という役所で管理されているが、エリューンは子供の頃から特別だった。

特別なだけあって、周囲が煩(うるさ)かったので、さっさと逃げてきたのだそうだ。

「魔法について何も知らないようですから、少し説明をしておきましょう」

聞いてもわからないとは思うけれど、『魔法』という言葉に憧れを感じて拝聴したところによると、この世界の人間は皆多かれ少なかれ魔力を保持しているらしい。

「人の身体を樽(たる)と思ってください。その中に魔力という水が入っています。魔力を魔法として使うためには魔力を取り出す蛇口が必要ですが、それは樽の上の方に付いています。もし水の量が蛇口まで届いていなければ？」

「蛇口を捻(ひね)っても水が出ない」

「それが魔力ナシです。また、樽にいっぱいの水が入っていても、蛇口を取り付けることができなければ魔力は取り出せず、魔法は使えません」

なるほど、その理屈はわかり易い。

「もったいないですね、せっかく魔力があるのに」

「そういう人は、魔法使いの魔力供給者になることもあります」

「魔力供給者？」

問いかけると、エリューンは綺麗な顔をグッと歪めた。

「リッカはもう大人なようですから、話してもいいでしょう」

「大人ですよ。成人男性です」

「性格も外見も可愛くて子供みたいですけれどね」

「大人の男です」

ぷんすかと反論したら笑われた。

「まあいいでしょう。先ほど、魔力は樽の中の水と言いましたが、ある意味それが事実です。魔力は人の身体の中の液体に宿っていると言われています」

「身体の中の液体？」

「血液、唾液などの体液です。供給者はそれを魔法使いに与えるのです」

「えーっ、血やヨダレを？」

「それならまだマシです。体液ということは男性ならば精液、女性ならば愛液にも含まれるということです。なので、魔力枯渇(こかつ)を起こしている魔法使いに魔力を供給すると言いながら性行為を求める者もいます」

「何それ！　最低！」

俺が怒ると、彼はにっこりと笑った。

「同じ感覚の人でよかった」

あ、もしかしてエリューンは過去にそういう目に遭ったのかも。それで一人になりたがったのかも。

……訊かないけど。

「リッカは魔法を使わないそうですが、魔力だけは測定しておきましょう。もしあると知られれば、逆に下賤な魔法使いが魔力を寄越せと襲ってくるかもしれませんから」

念のため、と言って測定した結果は……、驚きだった。

「桁違いに多いですね……」

測定器だという、定番の水晶は目映いほど光り輝いた。

「これは不味いかも……」

「黙っていたらバレないんじゃ……。ここにいれば他の人には会わないし」

「けれど万が一ということもあるでしょう。私の刻印を打った魔力封じの腕輪を作ってあげます。測定器にも反応しないような」

「そんなの、作れるの？」

「簡単なものです。私なら」

魔力ナシ設定にするなら弟子とは紹介できないので、俺の立場をどうするかということにもなった。実際は身の回りの世話をするつもりなので、召し使いでいいと言ったのだが、エリューンは反対した。

「リッカは私の弟ということにしましょう」

「え、でも俺は黒髪黒目で、美人のエリューンとは似ても似つかないんですけど」

「似てない兄弟なんていくらでもいます。この国の王と王弟だって全然似てません。それに私は黒髪黒目は好きです」

そう言った時、彼の目に優しい光が過(よぎ)ったので、もしかしたらエリューンの好きな女性は黒髪黒目なのかな、とか想像した。

「私は兄弟というものがいないので、憧れでもあります」

単に俺を気に入ってくれただけなのかもしれないな。

「俺が弟ですか？」

「私が教えることの方が多いですから」

そう言われてしまうと納得せざるを得ない。

「フジムラはこの世界では珍しい名前ですから、これからはリッカ・ルスワルドと名乗るように。ルスワルドを名乗る限り、私の庇護下にあるということになりますからね」

……庇護するため、同じ姓を名乗らせるために『弟』なのか。エリューンは本当に優しい。

年齢を明確にするために確認してみたら、この世界は一カ月が四十日で、九カ月で一年なのでほぼ一年は同じ長さ。その上で、エリューンが二つ年上だった。

文句なくエリューンがお兄さんだな。

でも俺達は友人として名前で呼び合うことにした。

そうして始まったエリューンとの共同生活は、とても快適だった。

二人で住むこの館は、元々王家の狩り小屋だったもので、小屋という呼称ではあるが三階建ての素敵な建物だ。

ただエリューンはキッチンと自分の寝室と書斎と居間しか使っておらず、他の部屋は埃を被っていた。

料理も、作るのが面倒だからと簡単なスープばかり。

なので、まず俺は館全体を綺麗に掃除して、彼に美味しい料理を作るところから始めた。

ガスコンロもレンジもオーブンもないけれど、そこは限界集落育ち。昔ながらのカマドだって使ったことがある俺には問題はない。

鶏だって絞めるし、猟師のおじさんが獲ってきた鹿なんかのジビエも扱っていた。

野菜や調味料は違いを覚えながらだったし、何より味噌と醤油がないのが辛かったけど、彼を喜ばせる料理は作れた。

庭に小さい畑も作ってみた。既に彼の薬草園があったので、その端っこにちょっとだけ。

作物が育つのを見るのは嫌いじゃない。

エリューンは俺が住んでた現代の品物に興味津々で、説明を聞きながら幾つか魔法で再現もした。

魔法瓶とか、腕時計とか、オイルライターとか。扇風機に、冷蔵庫に、ドライヤー。

現代のものそのままではないけれど、それらしいものは作れた。

これは俺のチートというよりエリューンの魔法というチート能力だろう。

毎日、エリューンは書斎というか実験室みたいなところに閉じ籠もって、そんな道具を作ったり魔法の研究をして、俺は家事に勤しむ。

食事は必ず同じテーブルでして、夕食までは別々の行動。

夕食の後に、彼は俺にこの世界のことを教えてくれて、俺は彼に元の世界のことを話す。

食材を運んでくる行商人のおじいさん以外は誰もここを訪れない。エリューンがそれを許可していないから。

「もう少し常識を覚えたら、近くの街まで遊びに行きましょうか」

「どこにも出なくても平気だよ？」

「……リッカはもっと外に興味を持った方がいいですよ」

「エリューンだって全然外に出ないじゃん」

「私は選んで静謐(せいひつ)を好んでいるんです」

「外へ出るの、エリューンの負担にならない？　人に会いたくないんでしょう？」

「そんなことはありません。煩く纏(まと)わり付いてこない人は好きです」

エリューンはきっと俺より大人だ。

俺は辛いこともあったけれど、いつもぬくぬくとした場所で大事にされていたから。

でもエリューンは言葉の端々に、お城で働いた時間はあまりよい時間ではなかったと感じさせる。

魔力の受け渡しみたいにセクハラ紛(まが)いのこともあったんだろう。とても美人だし。

力があるということは嫉妬を向けられるということでもある。嫌がらせとかもあったのかもしれない。

人生経験が豊富だから、彼にはわかってしまうんだ。

「リッカ、出会った人を失うことを恐れる必要はないんですよ。全身骨折のあなたを治せる大魔法使いの私が側にいるんですから」

俺は人生経験は乏しいけれど、孤独を感じたことがある人間だから、エリューンが独りを寂しいと感じている人だというのも察していた。

「二人で行くならいいよ」

「もちろん二人で、ですよ」

エリューンは強い。俺のことをわかってくれている。だから失うことを恐れなくていい。でも外で会う人は、違う場所からやってきたよそ者をどう思うだろう。親しくなった後で嫌われたり、いなくなったりしたらどうしよう。

選択するのが怖い。

親しくなりたいという希望を通した後に、また間違っていたらどうしようと不安になる。

そんな俺と、今までいた場所に戻りたいと口にしないエリューン。

沢山の人達と知り合って、その人達はまだ生きているはずなのに、思い出を語らない。

彼が語るのはいつも嫌なヤツのことばかり。親しかった人、好きだった人のことを口にしないで、こんなところに一人でいる。

見ず知らずの俺を置いてくれて、可愛がってくれるくらい人恋しいのに。

お互い人とのかかわりから一歩引いている者同士の静かな日々。

これがずっと続いていくのだと思っていた。

でも俺は忘れていた。俺の予想なんて、いつも間違ってばかりだってことを……。


俺がこの世界に来て三カ月が過ぎて、季節が変わった。

俺が来たのが初夏で、これから冬が来るらしい。

と言っても、ここは日本ほど四季がはっきりしているわけではなく、ちょっとだけ寒くなってきたかなという程度。

天候は一年を通して安定しているけれど、時々季節によって酷い暑さや寒さに襲われる日があるらしい。

夏にも、三日ほど何もしたくないくらい暑い日があった。

エリューンが言うには、こういう時は『精霊の機嫌が悪い』らしい。

今日はいつも通りの天気で、雨の心配はなさそうだと思いながらキッチンで昼食の支度をしていると、行商のおじいさんが来る日じゃないのにドアが開いた音がしたような気がした。

いや、おじいさんならちゃんと声掛けしてノックもしてくれるはずだ。

聞き間違いかと思いながらも玄関先へ向かうと、そこには見知らぬ男の人が立っていた。

背の高い、真っすぐな長い黒髪の男性だ。

その人は俺を見ると、酷く驚いた顔をした。

「お前は……」

「トージュ、邪魔だ。さっさと入れ」

その後ろからもう一人、やはり黒髪の背の高い男の人が長髪の人を押しのけるようにして入ってくる。

「あ……、あの、どなたですか？」

問いかけると、後から入ってきた短髪の方の男の人もこちらを見た。

「誰だ？」

俺を認識した途端、目付きが険しくなって腰に下げていた剣に手が掛かる。

「何故ここにいる」

「そっちこそ、どうやって入ってきたんです。ここは結界があって誰でも入れるはずがないんですよ」

自分より一回り以上体格のよい二人からエリューンを守れるだろうか？　俺は入口の飾りにしてある守り刀をちらりと見た。

「その通りだ。そしてエリューンは他人を入れない。返答次第では痛い目を見てもらうかもしれないぞ」

「陛下、お止めください。敵意がないのは気づいているでしょう。君も、刀を見ない」

「小さい身体で俺に牙を剥くからだ」

陛下って言った？　ヘイカって名前の人？　それともまさか……。

「君はエリューンに仕えている者かな？　エリューンはどこにいる？　オーガス陛下とトージュが来たと伝えてくれるかな」

長髪の人は落ち着いた様子で言った。

短髪の人はまだにやにやと笑ってこっちを威嚇してるけど。

「エリューンのお知り合いの方ですか？」

「そうに決まってるだろ」

短髪の人はズカズカと中に入ってきて、玄関から続きになっている居間の椅子にどっかりと腰を下ろした。

礼儀がなってないと怒るべきなんだろうが、本当に国王陛下だったら注意すると不敬になるんだろうか。

「ほら、さっさと言ってこい」

「私の弟に横柄な口を利かないでください」

どうしたものかと悩んでいると、エリューンの声が響いた。

「よう、エリューン」

短髪の人が片手を上げてエリューンに挨拶を送る。でも、エリューンは渋い顔だ。

「相変わらず勝手な人ですね」

「すまないな、エリューン」

謝ったのは長髪の人だ。

長髪の人はまだ玄関先に立ったまま、俺を見ていた。

「君に弟はいないはずだが、彼は？」

「できたんです。つい最近。私が弟だと言ったら、彼は私の弟です」

「俺より勝手な男じゃないか」

「あなたと比べられるのは不本意です。リッカ、こっちに」

呼ばれて、俺はエリューンの下へ駆け寄った。

「この人達、エリューンの味方？　敵？」

「敵ではないですが、味方というわけでもありません。知り合いです」

「友人ぐらい言えよ」

「国王陛下を友人だなんて、恐れ多くて」

やっぱり陛下って国王陛下のことだったんだ。

「人を敵か味方で判断するとは物騒な小僧だな。何にせよ、俺は客人だ。相応の対応をしろ。そうだろう、エリューン」

「……仕方ないですね。トージュも座ってください。取り敢えず接待はしましょう」

「歓迎しろよ」

「先触れもなく突然のご訪問ですからね、どうせ碌でもない依頼を持ってきたのでしょう。そんな人を歓迎はいたしません」

いつもはにこにこと優しいエリューンの言葉にトゲを感じる。でも嫌っているふうにも見えないんだよな。

「お茶とお菓子を用意するよ」

「気を遣わなくていいんですよ、リッカ」

「お客様にはちゃんとしないと。侵入者かと思ったから、失礼な態度を取ってしまいましたが、失礼しました」

ぴょこっと頭を下げると、短髪の人は『ふうん』という顔をした。

「躾ができてるな」

「失礼な言い方をしないでください。教育が行き届いていると言うべきですよ」

「紹介してくれないから、どう接すればいいかわからない」

「紹介する前にちょっかい掛けるからです。それに私の弟だと言いました」

「お前にはもう親族など一人もいないだろう？」

「だから最近できたんです」

陛下とエリューンが睨み合ってると、長髪の人が割って入るように陛下の隣に座ってからエリューンに声を掛けた。

「エリューン、ちゃんと紹介をして欲しい。彼は何者なんだ？」

どうやらこの人とは険悪ではないらしく、エリューンはため息をつくと俺の手を取って前に立たせた。

「彼はリッカ、私の弟です。それ以上の説明はしません。リッカ、こちらの態度が横柄な男がこの国の王であるオーガス、隣は彼の側近で護衛騎士のトージュです」

紹介されて、俺は改めて二人を見た。

オーガス陛下は脚を広げてどっかりと座って、いかにも自信に満ちた感じに見える。角張った輪郭に太い眉と鋭い目付きの青みがかった黒い瞳と、顔立ちは男らしい。現代的に言うとアスリートからモデルになった人系？

隣に座るトージュさんは真っすぐな長い黒髪を腰まで伸ばしていて、あまり騎士っぽく見えない。動く人って短髪なイメージだから。でもあれだけ髪が長くても王様の護衛騎士ってことは却って（かえ）それだけ強いってことかも。

この人も黒髪黒目で、顔立ちは怜悧（れいり）でシャープ。知的な印象だ。脚も揃えて背筋も伸ばして座ってるし、隣の陛下と並べると、静と動って感じ。

護衛騎士だから新参者を警戒しているのか、めっちゃ見られてる気がする。

……にしても、この世界美形率高いよ。

「それだけかよ」

「それ以上、何て説明して欲しいんです？」

「幼馴染み（おさななじ）だとか、この館をお前に与えたのは俺だとか」

「腐れ縁ですね。この狩り『小屋』は私の働きに対する褒賞でしょう？」

また陛下とエリューンが言い合いを始めたので、俺は声を掛けて間に入った。

「昼食の支度はまだなんで、お茶を出します。よろしかったら昼食もお食べになります？」

「エリューンのメシはスープばっかりだろ」

この人もエリューンの食生活を知ってるんだ。じゃあやっぱり親しいんだな。

「文句があるなら食べなくてもいいですよ」

「今日のメニューは温野菜のサラダと鳥のハーブ漬けのグリルに胡桃（くるみ）とベリーのパンです。食べるなら作り足さないといけないので、どうします？」

俺が言うと、陛下は驚いた顔で背もたれに寄りかかっていた身体を起こした。

「何だそれ、終に魔法でメシも作れるようになったのか？」

「いえ、俺が作るんです」

「シェフを雇ったのか」

「弟です」

エリューンが言うと、トージュさんが補足するように言った。

「家族として扱っているから使用人と思うな、ということでしょう」

「弟、か。俺もお前もエリューンを弟みたいに扱ってたもんな」

「私は誰の弟にもなった覚えはありません」

放っておくとこの会話は永遠に続きそうだな。

「食事、食べますか、食べませんか？」

「食う」

「わかりました。じゃその前にお茶を持ってきます」

「リッカ、手伝います」

「うん、ありがとう」

手伝ってもらうほどのことはないんだけど、どうやら陛下とエリューンは離しておいた方がいいみたいなんで、彼と一緒にキッチンへ向かう。

「驚かせてしまいましたね」

「うん、驚いた。でもエリューンがここに来ていいって思った人だから入ってこられたんでしょう？　言い合いしてたけど、悪友って感じ？　嫌々認めてるって感じ？」

お茶の支度を任せて俺は昼食の仕込みの方をしながら訊くと、エリューンは小さくため息をついた。

「彼の言う通り、幼馴染みです。私は魔法使いとして幼い頃に魔術の塔へ引き取られたので、同世代の友人がいなかったんです。それで塔に遊びに来るオーガスと友人に。トージュはもう少し大きくなってから、暫く私の護衛に付いてくれていました」

「なのに仲よくないの？」

「仲よくないというか、オーガスは無理難題を言うので警戒しているんです。甘くすると何でも押し付けてきますから。……そうですね、まあ悪友です」

笑顔を見せてそう言ったので、本当はあの二人のことが好きなんだなと思った。

トゲトゲしい言葉を口にできるのも、親しさ故なのかも。

果物の皮を入れて香り付けした紅茶と、エリューンの好きなチーズタルトを持って居間に戻ると、椅子にはトージュさんしか座っていなかった。

陛下は棚に置いてあるエリューンが作った魔法瓶を手に取って眺めている。

「お茶が入りましたよ」

と声を掛けると、陛下は魔法瓶を手に席へ戻った。

「これは金属の水筒か？　フタがネジのように回るんだな」

「魔法瓶という液漏れしない、保温効果のある水筒です」

「魔法の品か」

「いいえ、作ったのは魔法ですけど、効果は構造の問題です。外壁を二重にして空気を閉じ込めてあるんです」

「どのくらい効果がある？」

「熱いものなら六時間くらいは」

「行軍の時にいいが、もっと保温時間を延ばせないのか？」

「ただの水筒ですからね、無理です。それよりお茶をどうぞ。ケーキはリッカが作ったものです。甘いのがよければご自分でハチミツをかけてください」

一言添えてるし、そんなエリューンの言葉を当たり前に受けてるから、三人は仲よし認定で確定だな。

「お、美味（うま）い」

「お茶も美味しいですね。君が淹れたのか」

「あ、はい」

陛下もトージュさんも気に入ってくれたようでよかった。

「それで、今回は何の御用でいらしたんです？」

エリューンも落ち着いたみたいだし。

「ああ、お前に俺の愛人になってもらおうと思って」

「……は？」

「恋人として城へ来いってことだ」

「魔法使いとしての仕事ではなく、そんなバカみたいなことを言いに来たんですか？　頭沸いてるんじゃないですか？」

「真剣だ」

「トージュ、あなたもそうしろって思ってるんですか？」

睨まれて、トージュさんは視線を逸らせた。

「理由はあるようなので聞いてあげてくれ。ただ断る権利はあると思う」

「断るなよ。俺の愛人になれば、エリューンだって城で大きな顔ができるし、嫌なジジイ共を簡単に退けられるようになるぞ」

「自分の問題は自分で片付けます。城へ戻らずここにいれば嫌なジジイと顔を合わせることもありません」

「いや、そう遠くない内に戻らなければならなくなる」

その一言に、エリューンの顔が引き締まった。

「それは……、またスタンピードが起きるということですか？」

「そうだ」

スタンピードって、確か魔獣の大発生だよな。大災害だって言ってた。

「だから俺はお前を愛人にしたい」

「スタンピードなら仕事ですから城にも現場にも行きますが、それがあなたの愛人になるのと何の関係があるんです」

空気が、急に重くなる。

さっきまで横柄なお兄さんだった陛下が、統治者の顔になる。

「この二年、王様ってやつをやってみてよくわかった。俺は国王には向いてない」

「何を言ってるんです、救国の英雄が。圧倒的な能力でスタンピードを退け民意を受けて王になったのでしょう」

「だからだ。俺は戦場に於いてその有能さを発揮する戦士でしかない。平穏な時代に国を統治するには向いていないんだ。しかも近くスタンピードが起こるだろう。実際、何度か魔獣の発生が確認されている。今は発生した各地の軍が対応しているが、スタンピードとなれば全軍を率いて出撃しなければならない。王のままでは軍を率いることはできないだろう」

「当たり前です。国王は失ってはいけない存在なのですから、城でおとなしく守られていてください」

「それではスタンピードは防げない。俺以上に戦える者はいないからな」

「それが自惚れでないところが腹立たしいですね……」

エリューンは渋々だけれど、陛下の言葉を認めた。

「問題なのは、俺には統治の能力もまあまあるところだ。王として不適合者と思われればさっさと辞められるが、俺でもいいと思われてる限り王位から逃れられない。だから不適合者になりたいんだ。かと言って暴君になれば戦場にも出られなくなる。そこで考えたのが、跡継ぎを望めない王、だ」

「……同性愛者になれば子供を望むことができない。跡継ぎができない者を王にはしておけない、ですか？」

「そうだ。幸い弟のエルネストは頭もよく統治者向きだ。女性の婚約者もいる。エルネストに王位を譲って俺は軍に戻りたい」

「考えはわかりましたが、それなら私でなくてもいいでしょう。何ならトージュでも」

「……無理です」

ずっと黙っていたトージュさんがポソリと呟いた。

「こいつに愛人の芝居ができると思うか？　抱き寄せただけで眉間に皺を寄せるだろ」

「私だって皺を寄せますよ」

「お前はそういう性格だと知られてるからいい。俺がエリューンにメロメロで、お前は素っ気なくてもいいんだ。他の女なんか目もくれないくらいお前に惚れてる、で通せる」

「他の男性に頼めばよろしいでしょう」

「駄目だな。まず俺に忠実な者は俺が王を降りることに反対するだろう。誠実な者は周囲に別れろと説得されたら負けてしまう。かといって、俺の偽りの愛情を信じてその気になられても困るし、いきなり俺が男に惚れたと言い出して信用してもらえる相手がいない。だがエリューンなら子供の頃から面倒見てたし、俺がお前に甘いことも知られている。外見も男に惚れられても不思議ではないくらいの美人だ」

美人、と言われてエリューンは顔を顰めた。

「ずっと以前からお前が好きだった。離れてより恋しくなった。もしくは離れたところで囲っていた。だがもう我慢できなくて呼び戻したということにする」

どうだ、という顔をした陛下をエリューンは蔑むような目で睨んだ。

「お断りします」

「エリューン」

「冗談じゃありません。絶対に嫌です」

「国のためだ」

「国のために戦いに出ることは厭いません。けれどあなたの愛人のフリはお断りします。ご自分の考えをそのまま皆に伝えてエルネストに譲ればいいでしょう」

「頭の固い大臣達が許すと思うか？」

「許すように説得するのが王としての権威と能力でしょう」

「だから俺は人を説得するのは向かないって言ってるだろ。言うことを聞かないなら叩きのめす方が楽だ。だがそれをしたら軍にも戻れないだろう」

「トージュ、あなたもこんなバカな考えを許してるんですか？」

矛先がトージュさんに向けられると、彼は困惑した顔をした。

「碌な考えではないという意見には賛同します。ですが、これ以外によい方法が考えつかなかったというのも事実です。スタンピードは起こる。あなたを呼び戻さなければならない。オーガスには戦場に出てもらいたい。城であなたを魔術の塔の連中から守りたい。その全てを叶えるためにはこれが一番かと」

「あなたまで、このバカに毒されたんですか！」

「君のことも心配だからだ。オーガスほど強力な庇護者はいない」

「自分の身は自分で守れます。庇護者など必要ありません」

「じゃ、弟は？」

陛下の言葉に、怒っていたエリューンの顔が固まる。

「お前が城に来てる間、こいつはここに置いておくつもりか？　城に連れて行くなら、こいつを守る盾が必要になるんじゃないのか？　うん？　エリューンの紋章入りの腕輪？」

陛下は俺を見て、テーブル越しに手を伸ばしてきた。

だが掴まる前に身体を引く。

「お前はエリューンの魔力供給者なのか？」

「違います！　弟だからあげた腕輪です」

「ふぅん……。お前がエリューンの弟だというなら、お前でもいいぞ」

「オーガス！」

「陛下！」

エリューンとトージュさんが声を上げたが、陛下はどこ吹く風という顔で俺を見つめた。

「うん、顔も悪くない。俺が惚れるのに値する」

「バカをそこまで極めないでください！」

「彼はあなたが国王であることも知らないような者なんですよ、無茶です」

二人は必死に止めたけれど、陛下の目は俺から離れなかった。

「どうだ？　城に来て贅沢な暮らしをしたくないか？」

「したくないです」

あっさりと答える俺に、陛下は意外そうな顔をした。

「でも、質問に答えてくれたら、考えてもいいです」

「リッカ！」

「いいだろう。何が聞きたい？」

「陛下はエリューンを愛してますか？」

「いいや、弟みたいなもんだな」

彼のことを愛していて申し込んだのなら、と考えたけどそうではないのか。

「エリューンはお城に行くと困ることが多いですか？」

「多くはないが、面倒な連中はいる」

「俺があなたの愛人になったら、そいつ等からエリューンを守れますか？」

「守れる。王の愛人の兄に手を出したら王の不興を買うだろう。そんなことはしないはずだ」

「そのスタンピードというのにあなたが出撃するのとしないのとでは、そんなに戦力に違いがありますか？」

「ある。俺ほどの魔剣士はいない」

魔剣士？　初めて聞く言葉だ。でも『そんなことない』というセリフが残りの二人から飛んでこないところをみると、この人の実力は確かなものなのだろう。

「俺が愛人になったら、変なコトしますか？　その……、エッチなこととか……」

「『えっち』？　その意味はわからんが、お前が言うのは性行為のことか？」

直接的に言われて顔が赤らむ。自慢じゃないが、限界集落育ちは童貞なのだ。

「……可愛いな。もちろん、変なコトはしない。だが周囲を欺く(あざむく)ために同じベッドで寝るのと、キスくらいはするかもな」

「唇はダメだって言ったら、お芝居になりませんか？」

「いや、人前では照れてるで済ませればいいだろう」

「リッカ！　そんなこと訊く必要はありません。あなたはオーガスの愛人になんかならないんですから。城に連れて行っても、私があなたを守ります」

我慢できないというようにエリューンが口を挟んできたが、俺は安心させるようにその手をそっと握った。

「俺、エリューンの役に立ちたい。でも、自分を犠牲にはしないよ。そんなことしたらエリューンが悲しむのを知ってるもの」

「そうですよ」

エリューンが手を握り返す。

「だから陛下、俺をあなたのお芝居に付き合わせるなら条件があります。それを呑んでくれたら、愛人を演じてもいいです」

「国王相手に交渉か？　このまま掠ってってもいいんだぞ？」

「人を強引に誘拐する人は王様に向いてないかもしれませんが、指揮官にも向いてないって言われますよ」

この人は、口は悪いけど頭の悪い人ではないと思う。それに人の気持ちがわからない人でもなさそうだ。

エリューンは腹立たしさを感じながらも、彼のことを悪友だと言ったもの。態度は悪いけど心根は悪くないのだと思う。

「エリューンがお城に行くことになったら、あなたの部屋の近くにエリューンの部屋を用意してください。彼の望みは何でも叶えてあげてください。俺を愛人にしても、身体の関係はナシと誓ってください。キスも口にはダメです。ハグは許可します。俺に権力は与えないでください。それが全部できるなら、一緒に行ってもいいです」

「概ね了解できるが、権力を与えるなというのは何故だ？」

「権力を持てば、俺を憎む人が増えるからです。それはエリューンの迷惑になります。エリューンを権力闘争に巻き込みたくありません」

「全てはエリューンのため、か」

「はい。俺は彼の役に立ちたいんです」

「いいだろう。全部呑もう。俺のことは陛下ではなくオーガスと呼べ、リッカ」

「わかりました」

「私も一緒に行きますよ」

「エリューン？」

「あなたをあんなところへ一人で出せるものですか。いつか行かなくてはならないのなら、私も一緒に行きます」

「でもお城は居心地が悪いんでしょう？」

「よかろうが、悪かろうが、リッカを一人では出せません。全く……、あなたの『役に立ちたい』はまるで呪いですね」

「俺、また選択間違えてる？　一人でここに残るより、エリューンの役に立つかと思ったんだけど……」

エリューンは手を伸ばして俺の頭を抱き寄せた。

「選択が正しくても、間違っていても、私は何も言いません。選択はあなたがするべきことです。私にできるのは、あなたの選択の結果がよいようになるために助力するだけです」

「……ありがとう」

「約束してください。結果が良くなくても、自分のせいだなんて思わないって」

「うん……」

「驚いたな。本当にお前はその子を気に入ってるんだな」

寄り添う俺達に、陛下は驚きながらも優しい目を向けていた。

「弟だと言ったでしょう。とにかく、私も一緒に行きますから、不埒な真似はしないように。そして彼を守ってあげてください」

スタンピードっていうのが絶対に起こる、と陛下は断言した。それが起こればエリューンは城に呼び戻される。エリューン本人もその時は赴くと言った。

でも城にはエリューンが近づきたくないと思うような人間がいて、陛下もその存在を認識してる。

今のままの俺じゃ、ここに残っても一緒に行っても、役には立たないだろう。

でも王様の愛人になれば、王様の役にも立つし、エリューンを守る盾の一つにもなれるはずだ。だから、この選択は間違ってないと思う。

気を遣って、一人で残って、俺は家族を失った。今度も残れば、最悪みんなを見送ることになってしまうかもしれない。それなら、一緒にいたい。

「支度がありますから、出発は明日です。あなた達は二階の客間を使ってください」

「トージュ、いつもの部屋だ。掃除してきてくれ」

「部屋は片付けてありますから、掃除の必要はありませんよ」

「……それもリッカがやったのか？　有能だな」

「それは昼食を食べてから言ってください。彼の料理はとても美味しいですよ」

「期待しよう」

そうして、俺とエリューンの静かな生活は突然の終わりを告げた。

次は、かなり波瀾万丈(はらんばんじょう)な予感のするシーンへの移動だった。

エリューンは、婚外子で魔法が使えず魔力のない弟の存在を秘密にしていて、隠居はその弟と生活するためのものだった。

それがオーガス陛下に知られた上、オーガスは弟に一目惚れ。

弟の方もオーガスに惹かれたので、エリューンの反対を押し切って城に連れて帰った。

というのが今回の設定だった。

弟、つまり俺はエリューンに隠されていた上、過保護に育てられていたので世間知らずの物知らず。権力欲もないのがオーガスのお気に入り。

反対を押し切って連れ帰ったので、オーガスは俺一筋をエリューンに誓った。万が一他の女性に目移りでもしようものなら、エリューンの怒りを買って魔獣討伐の協力を拒まれてしまうだろう。

だから結婚はしない。

それを周知させたところで、オーガスの弟であるエルネストという人に王位を継承させる手筈(てはず)になった。

そんなに簡単にいくのかな、と思ったんだけど、オーガスは弟の説得の際には本当のことを告げるつもりだと言った。

つまり、自分が戦場に行かなければ国が滅びる。国王が戦いの場に出ることが許されないから、自分は王を降りる。統治は自分よりもエルネストの方が上手いのだから問題はない。

煩いのは議会の年寄りばかりだ、とも。

「議会って王様の言うことは聞かないんですか？」

翌日、俺はオーガスの馬に、エリューンはトージュの馬に相乗りして、三カ月過ごした館を出た。

突然でなければ自分達用の馬をいつもの行商のおじいちゃんに言って取り寄せたのだが、突発的だったのでこの方法しかないとエリューンがボヤいていた。

「王命は絶対だが、波風は立てたくない。何せ数が多い。王には向かない、だが将軍には向いている、そう思わせたい」

馬に乗るのは初めてではなかった。

村の近くに観光用の乗馬クラブがあって、時々乗りに行ってたから。

けれど二人乗りは初めてだった。

この世界の馬は俺の知ってる馬より一回り大きくて、二人で乗っても余裕なんだけど、オーガスの腕の中にすっぽり収まって乗るのは子供みたいで何だか気恥ずかしい。

「オーガスは本当に好きな人はいないの？　王様になりたくないのは待たせてる身分違いの女

の人がいるからとか」

　恋人になるのだから、と昨日から俺は彼のことを名前で呼ぶことになった。敬称も略で、言葉遣いも敬語はナシ。でも相手は年上で王様だから言葉遣いが丁寧になるのは仕方ない。

「いない。気になるのか？」

「そんな人がいたら事情を説明した方がいいかと思って。偽物でも恋人に浮気されるのは嫌でしょう？」

「気遣いだな。子供の頃から剣を振るってきたから、恋愛をする暇がなかった。というか、女は面倒臭い」

「女性は可愛いでしょう、幾つになっても」

「お前は女が好きか。城で女に手を出すなよ」

「出しません！」

「本気で惚れた女ができたら、相談しろ。考えてやる。スタンピードが終わるまで我慢したら仲を取り持ってやってもいい」

「スタンピードってしょっちゅう起こるんですか？」

「いや、百年に一度と言われてる。だからおかしいんだ。またその予兆があるってことが。もしかしたら前回のは本戦じゃなかったのかもしれない。だとすると、次のスタンピードは前回より大きいものになる。だから俺が前線に出たい」

オーガスは訊けば何でも答えてくれた。

誠実な人だ。

「魔剣士って何ですか？」

「……知らないのか？」

「知らないです。世間知らずなので」

「剣に魔力を乗せて戦う剣士だ。他の魔法は使えないが、剣を通して魔力を解放し、剣の威力を何倍にも上げる」

「炎を出したりできるんですか？」

「まあできないこともないが、それより剣力を上げる方が効率がいいな」

「剣力？」

「……口で説明するのは難しいな。城に着いたら訓練場で見せてやろう。お前は剣を使えるのか？」

「使えません。エリューンのところで持たせてもらったけど、重たくて。あ、でもナイフぐらいなら使えるかも」

「ナイフを使って生き物を殺したことは？」

「……ないです。鹿とか捌くのを手伝ったことはあるけど」

「それなら血を見て逃げ出すことはないな。だが訓練は許すが、現場には出せない。実戦経験のない者には危険だ」

「わかります。足手まといにもなりますもんね」

馬上で、ずっと俺とオーガスは話をしていた。

エリューンの館を出てから、森の獣道みたいなところを進んでる時も、それがちゃんとした道になり、やがて小さな村を幾つか通り過ぎて街へ出るまで。

街へ入るといったん休憩ということになり、エリューンは自分の馬を手に入れて一人で馬に乗ることにした。

俺もそうしたかったけど、腕前を信用されなかったのと、恋人芝居のために引き続きオーガスの腕の中だ。

街を過ぎると道は益々立派になり、建物の高さが変わってくる。

建築様式も、積み木を重ねたような四角い建物から、意匠を凝らした大きなものがちらほらと増えてきて、長く高い壁が見えた。

「あの城壁の内側が王都だ。中心に城がある」

「ワクワクします」

「緊張しないのか？」

「緊張もしますけど、見たことのないものを見るのはワクワクしませんか？」

「リッカは肝が据わってるな」

城壁には門があり、兵士が立っていた。

当然だけど、彼等はオーガスを見て慌てて敬礼して通してくれた。

写真のないこの世界でも王の顔は知られているらしく、顔パスだ。

壁の内側はこれまで通ってきた街と全然違っていた。

写真でしか見たことないけど、ヨーロッパの街並みみたいに美しい。道には石畳が敷かれ、大きな辻は広場になっていて噴水というか給水塔みたいな水場がある。

もう暗くなっていたから店は閉まっていたが、軒に下がる看板が商店街だと教えてくれる。

「ミリアの森がこんなに王都に近いと思ってませんでした。途中で一泊するのかと」

「王家の狩場だぞ？　そう遠くに作るわけがない。あそこがひっそりとしてるのはエリューンの魔法のお陰だ」

エリューンの魔法、か。

俺はまだ彼の魔法の神髄（しんずい）は見ていないんだよな。

水を出したり火を出したり光を灯（とも）したりは見たけど、マジックっぽい程度だし、結界っていうのも目に見えなかったし。道具を作る時は実験室みたいな部屋の中に籠もってたから。

いつか見せてもらえるだろうか？

商店街っぽいところを過ぎると、前方にライトアップされたお城が見えた。

「お城が明るい……」

「魔法で照らしてるからな」

「どうして照らすの？」

「どうしてって、権威と安心のためだな。守ってくれる者があそこにいると示すために、夜でもちゃんと見えるようにしている」

「なるほど」

大きなお屋敷街は貴族の屋敷なのだろう。城に近づくほど屋敷は巨大になり、その間に時々小ぶりな建物が立っている。

そして大きな広場に出ると、その正面に壁に囲まれた城が立っていた。

門の正面には篝火（かがりび）ではなく明るい光の玉が掲げられている。あれが魔法なのだろう。

それまで後ろを走っていたトージュが前に出て、衛兵に王の帰還を告げる。

「陛下のお戻りだ。開門せよ」

王都の門を守っていた兵士達と違い、王城の門兵は素早く動いて門を開いた。

そのままゆっくりと進むと、城の正面玄関には数人の男性達が控えていた。

「お帰りなさいませ」

「ああ、エリューンを連れて戻った。俺の部屋の近くに居室を用意しろ」

命じられた男性がちらりとエリューンを見る。

エリューンは物凄く嫌そうな顔をしてた。いや、あれは眠いんだな。一日中馬を走らせてたんだから。

それが証拠に馬から降りる時にふらついてトージュに支えてもらっている。

俺も、降りるのに手間取ってしまい、オーガスに抱き降ろされた。

「そちらの方は……」

「俺の大切な者だ」

「ではお部屋は？」

「こいつに部屋はいらない。俺の部屋に置く」

「は？」

「今日は疲れた。説明は明日だ。俺とこいつの分の食事を部屋へ。トージュ、お前はエリューンに食事をさせてから休ませろ。もう半落ちだ」

「私は大丈夫です。それにリッカは私の部屋で休ませます」

「ダメだ。もう諦めろ。これは俺のものだ。トージュ、連れて行け」

オーガスとエリューンの睨み合いに、迎えに出た人々はおろおろしていたが、トージュがエリューンを連れて去ると安堵の空気が流れた。

「行くぞ、リッカ」

俺も、オーガスに手を取られて中へ入る。

……これ、美術館だよ。

足を踏み入れたホールは、ピカピカの大理石の床にタペストリーや絵画が飾られた壁、シャンデリアはクリスタル。

王の帰還とあって、次々と人々が出迎えに来て頭を下げる。

ポカンとその様を見ていると、隣で笑われた。

「ワクワクするか？」

「する」

「そいつはよかった」

色々聞きたそうな視線を受けながら、奥へ進む。

もう絶対道順を覚えられないだろうと思うほど廊下を歩いて階段を上って、幾つもの扉の前を過ぎる。

途中で迎えの人達は姿を見せなくなっていたが、最後まで付いてきていた執事っぽい人が一つの扉を開けた。

中は高級ホテルの部屋よりもっと広くて豪華な部屋。ここがオーガスの私室なんだろうか。

「クルトス、メシを食ってる間に湯の支度をしておけ」

「かしこまりました。そちらの方のベッドはどちらに運び入れればよろしいでしょうか？」

「運ばなくていい。俺のベッドを使う。ああ、隣を使えるようにしておけ」

「お隣は王妃様のためのお部屋ですが？」

「そういうことだ」

オーガスはにやりと笑った。

意味は伝わっただろうに、クルトスと呼ばれた人は顔色一つ変えなかった。

「お荷物がないようですが、お着替えなどは？」

「適当に用意してやれ。リッカ、望みはあるか？」

「寝間着が欲しいです」

「体格はエリューンと同じくらいか。あいつと同じものでいいな」

「エリューンのが細いですよ？」

「寝間着なら大差ないさ」

「着替えは失礼でなければ、シャツとズボンだけでいいです。ヒラヒラしたりゴテゴテしてるのは遠慮します」

「宝石やレースが付いてるのがいいんじゃないか？」

「……嫌です。動きにくいし似合いません」

「ハハッ。クルトス、聞いた通りだ。飾りのない服を用意してやれ」

「かしこまりました。サイズを計らなければなりませんので、一先ず簡単な服をご用意いたします」

会話をしている間に、次々と食事が運ばれてきてテーブルに並べられる。

いい匂いがして、お腹が鳴ってしまった。

「一日中走りっぱなしだったから腹も減ったろう。まずメシを食おう」

オーガスも椅子に座り、すぐに食事を始めた。

俺も料理に手を伸ばしたが、少し食べただけで眠気が襲ってきた。

馬に乗るって、体力使うんだ。

「リッカ、食うか寝るかどっちかにしろ」

「食べる……」

これから何が起こるかわからないんだから、体力だけは万全にしておかなきゃ。そう思っていたのに、いつの間にか俺の瞼は重みを増して、意識が遠のいた。

「……子供だな」

というオーガスの声を聞きながら。


「取り敢えず風呂に入ってこい」

目が覚めて一番に言われたのは、甘い言葉でも何でもなく、お叱りの言葉だった。

寝間着に着替えてベッドの中に……、ではなくソファの上に昨日の服のまま横になっていたのは、風呂に入らなかったせいだろう。

一日馬で走り続けた身体は土と埃で汚れていたから。

風呂に入ってさっぱりして、用意された白いシャツと黒いパンツに着替えてから戻ると、既に朝食の支度がされていた。

「昨夜は食事の途中で寝たから腹が減ってるだろう」

疲れていてそんなに空腹は感じなかったが、焼き立てのパンやいい匂いのスープに負けて食卓に着く。

そこへ扉をノックする音が響いた。

「誰だ」

「エリューン様をご案内いたしました」

「……朝から来たか。通せ」

オーガスが許可を与えるとエリューン、背後にはトージュが立っている。

「まだ食事を終えてなかったんですか？」

「こいつが寝坊したんだ」

「疲れちゃって、昨夜はご飯食べながら寝ちゃった」

「馬に乗るのに慣れていなかったからでしょう。もう少しゆっくりとした旅程にしてくれればよかったのに」

「王がそんなに城を空けられないだろ」

「しょっちゅう抜け出しているくせに」

俺はオーガスと向かい合って座っていたのだけれど、エリューンは俺の隣に座った。

「エリューンはもうご飯食べたの？」

見ると、彼は既にちゃんとしたローブを着ている。オーガスの隣に座ったトージュも黒い騎士服に身を包んでいる。

オーガスがシャツ姿だからのんびりしてたけど、二人を見ると自分が寝坊したんだなと実感した。

「食べましたよ」

「俺、体力ある方だと思ってたんだけどな」

「私は回復魔法をかけましたから。リッカにもかけてあげましょうか？」

魔法。

「して！」

期待して声を上げると笑われてしまった。

「いいですよ」

エリューンが言葉を紡ぎ俺の身体に手を翳すと、ふわっと温かい風を感じて重たかった身体が軽くなるような気がした。

「凄い！　感じた！」

「元気になりました？」

「なった。お尻や股の痛いのもなくなった。鞍で擦れてちょっと痛かったんだ。ありがとう」

「それはよかったです。他の人もこれくらい感謝してくれるとやり甲斐があるんですけどね」

「みんな感謝しないの？」

「そこらにいる人達は、やってもらって当たり前ですから」

「それは酷い。いつもやってくれるなら、より感謝しなきゃいけないのに」

「そうですよね」

にこにこ顔でエリューンがオーガス達を見たので、『そこらにいる人達』が誰なのかわかってしまった。

「耳が痛いな」

「私は感謝していますよ」

「トージュは滅多に回復を依頼してきませんからね。それで？　ここまで来るには来ましたが、これからどうするんです？」

「どうもしないさ。ただ連れ歩くだけだ。リッカが色々おねだりしてくれれば、それに応えて甘やかしてる姿が見せられるんだが、こいつは欲がないからな。抱き締めたりキスしたりして回るか？」

「却下です」

「抱き着くくらいならいいですよ。酔っ払うとおじいちゃん達がすぐ抱き着いてきてたから。でもキスは約束通りです」

「酔っ払って抱き着くおじいちゃん、か。まあいいだろう。とにかくリッカは俺に付いて回れ。

エリューンは心配ならくっついてきてもいいが、お前が城にいるとわかれば魔術の塔の連中が押しかけてくるんじゃないのか？」

気のせいか、隣からチッと舌打ちが聞こえた。

「トージュ、お前エリューンに付いて睨みを利かせておけ」

「私はあなたの側を離れるわけにはいきません」

「城で俺が護衛が必要なほど危険な目に遭うわけがないだろう。外へ出る時には呼び戻す」

「あなたに危険がなくても、彼に危険があるのでは？」

「俺の側にいて、か？」

反論はなかった。トージュからは。

「あなた自体が危険なのでは？」

エリューンはジト目で反対の意を示している。

「大丈夫だよ、エリューン。刀持って歩くから」

「カタナ？　あのペラペラの剣か。あれは飾りだろう？」

奉納されていた御神刀だと言ったからか、エリューンは預けている間に研ぎもしてくれてボロボロだった鞘(さや)も直して、柄巻(つかまき)の部分を綺麗な布で巻き直してくれた。だから一見すると装飾用の剣にしか見えないんだろうな。

「抜くつもりはないので、武器持ってるぞ、ぐらいの脅しになればいいんです」

「じゃあ後で綺麗な剣帯を用意してやろう。だが絶対に抜くな」

「はい」

「役割を忘れず、しっかり芝居をしろ。どう演じたらいいかわからなくなったら、俺に抱き着け」

「はい」

「エリューンも、俺を睨むのは弟が可愛くて俺に渡したくないように見えていいが、口を滑らせるなよ」

「わかってます」

「じゃ、メシも食い終わったし、始めようか」

オーガスがベルを鳴らして召し使いを呼ぶ。

それはまるで芝居の開幕のベルのようだった。


基本、この部屋を訪れるのは専属の侍従であるクルトスさんだけということだった。

メガネの似合うロマンスグレーのおじ様は、感情を見せずオーガスの命令に従う。優秀なホテルマンみたいな人だ。執事っぽいって思ったのは当たってたな。その様相と年配の人だから、オーガス達は敬称略なのについ彼には『さん』を付けてしまう。

オーガスは、彼に俺はエリューンの弟だと説明し、エリューンが隠していたが一目惚れをして無理やり連れてきた、エリューンはお目付け役で付いてきた、と説明した時も顔色ひとつ変えずに「然様(さよう)ですか」と言っただけだった。

まず俺が連れて行かれたのは、オーガスの弟のエルネストのところだった。

既に俺のことは報告に上がっていたようで、通された応接室みたいな部屋で苦虫を噛み潰したような顔で待っていた。

エリューンが俺を弟だと言っても違和感がないと言ったのも頷ける。

何と、黒髪黒目のオーガスの弟は、金髪碧眼(へきがん)だった。

顔は似てる……かなあ。大柄で野性的なオーガスに比べると美形で、いかにも王子様って感じだけど。

「母親が違うんです。オーガスは正妃(せいひ)、エルネストは側妃(そくひ)の息子なんです」

俺の様子に気づいて、エリューンがこっそり教えてくれた。

異母兄弟ってことか。うん、それなら納得。

「エリューンに弟がいるとは知りませんでしたよ」

エルネストの言葉に、エリューンはにっこりと微笑んだ。ちょっと企んでるような凄みのある笑顔でだけど。

「リッカ、です。父が外に作った子ですが、魔力がないので公表せず大切に隠してました。私の弟というだけで煩そうな魔術の塔の連中には会わせたくありませんでしたし、何より黒い獣に見つかったら大変だと思って。もっとも、鼻がいいのか嗅ぎ付けられてしまいましたが」

「彼はその……、本当に兄上の……」

エリューンの形のよい鼻に皺が寄る。

「私は反対ですが、本人達は盛り上がっているようですよ」

「リッカは俺の恋人だ。彼に出会ってしまったからには他の誰も愛することはできない」

芝居といえど、オーガスの言葉に顔が赤くなる。奥ゆかしい日本人は人前で『愛する』とか口にしないもんだから。

「弟、というからには男性なのですよね？」

「当たり前だろう」

「跡継ぎはどうなさるのですか？　王の務めでしょう」

「リッカが子供を産めないのだから作らない。王の務めを果たせないから王位を退けと言うなら、俺は喜んでお前に王位を譲ろう」

オーガスがそう言った途端、エルネストの目がキラッと光った。

あ、これは何となくバレてる感じだ。そして今の顔はオーガスに似てた。

「まだ兄上やリッカ殿の気持ちが変わるかもしれませんから、王位の件は保留です。暫くお二人の様子を見させていただきます」

「俺の愛を疑うのか？」

「真実の愛でしたら、様子を見られても困らないでしょう？　まあ、エリューンが恋人だと言うより信じられますけど、彼は本当にエリューンの弟なんですか？」

強気なところも兄と似てるかも。

小さく、「あ、バカ」と言うオーガスの声が聞こえた。

「王弟殿下、何をどう疑おうと結構ですが、イジワルしたらその相手を丸焦げにしてやるくらい大切に思ってる弟です。どうぞ殿下もリッカには優しくお願いしますね」

満面の笑みで優しい声なのに、王様兄弟はビビッていた。

トージュはちょっと困った顔で俺を見てる。

「すまなかった、エリューン。殿下呼びは止めてくれ」

エルネストが謝罪すると、エリューンは彼をキッと睨みつけた。

「傍若無人なのはオーガス一人で十分です。私はリッカ自身が望んでなければ、すぐにでも連れて帰りたいくらいです。オーガスを問い詰めるのはいくらでもなさればよろしいですが、リッカには紳士的に接してください」

「わかった」

シュンとしてしまったエルネストが可哀想になって、俺はエリューンの袖を引いた。

「彼が疑うのは当然だからいいよ。俺は気にしないから怒らないで」

「リッカがそう言うなら我慢しましょう。ですが、エルネストはリッカへの対応に気を付けてくださいね」

「……エリューン、王様や王弟殿下相手にそんな強気で大丈夫なの？」

「単なる幼馴染みですから」

「あ、そうだ。俺はエルネストさんを何て呼べばいい？　エルネスト殿下？」

「呼び捨てでいいですよ」

「それは不味いでしょう。他の者が見ればリッカが不敬な者と見られます。エルネスト殿下とお呼びください」

トージュに注意されたので、俺は頷いてからエルネストに向き直った。

「エルネスト殿下。俺はオーガスの気持ちを大切にしたいと思っています。でもそれ以外は何も望んでいないので安心してください。きっと他の人が望むような、宝石とか爵位とか権力は、俺には不要なんです。俺はただ、大好きな人の役に立てればそれでいいんです」

ぺこりと頭を下げると、何故かエリューンに抱き締められた。

「役に立ってますよ。私はあなたがいてくれてよかったと思ってます。オーガスに言って厨房を借りて、またプリンを作ってください」

「いいよ。オーガス、厨房使っていい？」

「プリンってプディングか？　いいけど俺にも食わせろ」

「……私も食べたいです」

控えめにトージュまで手を上げるので、エルネストまで興味深そうな目を向けてきた。

「エルネスト殿下も食べます？」

「食べて欲しいと言うなら……」

「食べたくないみたいだからいいですよ」

エリューンがイジワルを言うと、エルネストはすぐに言い直した。

「食べてみたいです」

王様とか王弟殿下とかいうけど、何だかアットホームだな。

考えてみれば兄弟と幼馴染みなんだからそういうものか。

「あ、でも王弟殿下の口に入れるものを勝手に作って大丈夫ですか？　毒味とか必要なんじゃありません？」

「オーガスに渡しておけばいいでしょう。兄から渡されたものに毒味はしませんから」

「そうなの？　王位継承争いってもっとドロドロしてるかと思った。本人は仲よくても周囲がとか」

「リッカ、それはデリケートな話題ですから口にしないように」

「あ、ごめん。もうしない」

ふと気づくと、オーガス達三人が俺とエリューンを生温かい目で見ていた。

「その子がエリューンの弟だというのは本当みたいだな。君が自分から他人に抱き着くのは初めて見たよ」

「俺も初めて見た時は溺愛ぶりに驚いた」

オーガスとエルネストが言うと、トージュが肯定するように頷いた。

「リッカは弟気質なんでしょう。彼はエルネスト殿下と二つしか違わないのですよ」

「え、嘘」

「俺は子供には手は出さないぞ」

何だかんだで、王弟殿下との顔合わせは終わった。

その後は四人で行動することはできず、まず俺はクルトスさんに引き渡されて服の採寸に。エリューンが付いてきてくれようとしたけれど、オジサンの集団に迎えに来られて、連れて行かれてしまった。

オーガスが説明してくれたが、あれが魔術の塔の人達だそうだ。

魔法省は魔法を使う者を管理する役所で、魔術の塔は魔法使いの集まり。彼等はエリューンに教えを乞いに来てるらしい。

嫌な目に遭わないかと心配したけれど、集団でいる時には悪さをする者はいないので安心しろと言われた。

そのオーガスはクルトスさんに俺を頼むと、トージュと共に会議に出ると去って行った。

なので、午前中はずっとクルトスさんと一緒。

以前、栗田のおばあちゃんが浴衣を縫ってくれる時に採寸されたことがあるけれど、洋服の採寸はもっと細かかった。

ある物のサイズ直しでもいいのにと言ったら、陛下の隣に立たれる方にそのようなものは着せられませんと叱られた。

俺は何にもしないんだけど、オーガスの隣に立つというだけで色々制約があるみたいだ。

昼食は食堂で四人で摂った。

でも長いテーブルに点々と着席し、背後に配膳係が立っていたので、あまり食べた気がしなかった。

広過ぎて寂しいね、と漏らすとオーガスは夜からはもっと狭い部屋で食事をしようと言ってくれた。

俺が我儘を言ってくれた方がありがたいらしい。甘やかしたいから、と。

で、午後も三人はそれぞれ仕事。

俺はクルトスさんにこの国についての説明を色々と受けた。俺はエリューンに大切にされ過ぎて、外界のことを何も知らないという設定なので。

この国の南には海があり、北には鉱山のある山々がある。

西は友好国と国境を接し、東にも国はあるが国交はあまりない。仲がよくないわけではなく、両国の間に大きな森があって、そこに魔獣と呼ばれる巨大な獣がいるからだ。

ここまではエリューンからも聞いていた。

基本的に魔獣は森から出てくることはないのだが、時々零れるように近隣の村を襲うので、森の外周にエリューンが結界を張ったのだと。

ここからはクルトスさんの説明だけれど、その魔獣の中に時々『赤目』と呼ばれる強大な魔獣が出現する。

出現条件も、時期も、理由もわからないが、それが現れるとスタンピードと呼ばれる魔獣の大発生が起こる。東の森ほどではないが、各地にも現れる。

魔獣の増殖はその赤目を倒すまで続くらしい。

「前回はエリューンが結界を張って終わったって聞きましたけど」

「正確には、陛下が赤目を倒して、その後にエリューン様が結界を張ったということですね」

「赤目を倒したのに、またスタンピードが起こるんですか？」

「そのことはまだ公になっていませんので、安易に口外はなさいませんように」

「あ、ごめんなさい」

「陛下が倒されたのは赤い目の巨大な魔獣ではありましたが、当時から陛下も目の赤さが薄いと気になさっておいででした。文献では、燃えるような赤黒い目だとあったのに、その獣は赤っぽい目でしたから」

「本物じゃなかったということですか？」

「ですから、現在まだ森の魔獣の数が減少しないのでは、と」

結界を張ったとはいえ不安があるから、オーガスは近隣に警備の兵隊を残していた。

すると先月から、森に出る魔獣の数が増えてきたらしい。

今のところ警備兵で対処できているが、この先もこのままでいられるかどうかわからない。

もしかして前回よりももっと強い赤目が出てきたら、と心配しているらしい。結界の維持も心配なのでエリューンを迎えに行くと言って城を出たのだとか。

クルトスさんも、オーガスの真意は知らなかったんだな。

「まさか、リッカ様をお連れになるとは思いませんでした」

そしてお芝居だってことも知らないようだ。

「ですが、あの方が他者を望むのは初めてですので、私にできることは何でも協力いたしましょう。ご要望や困ったことがありましたら、何でも言ってください」

「あ、じゃあ、料理がしたいので厨房が使えるようにしてください」

「お料理、ですか？」

「エリューンが食べたいものがあるので、作ってあげたいんです。オーガス達も食べたいって言ってたし」

「かしこまりました。明日には使えるようにしておきましょう」

それから、この国の貴族制度についても説明を受けた。

頂点は王様、オーガスで、その下に王弟殿下のエルネスト。

先代の王様、つまりオーガス達のお父さんは王位を譲った時点で南の海際の離宮に隠居している。引退後は政治には口を出さないのがルールだそうだ。

この国では王が引退すると、その世代の人間は継承権を失うので、オーガスの叔父さんや叔母さん達には継承権がない。ちなみに叔父さんはいて、公爵位を得て大臣の一人に名前を連ねている。

王様が絶対的な権力を持ってはいるが、独裁にならないように議会がある。

議会には有力な貴族や各役職のトップが所属している。

たとえ王様が『こうだ』と言っても、議会の半数以上が反対したらストップがかけられる。

意外と民主的だ。

エルネスト殿下は議会の議長を兼任していて、オーガスの補佐官でもあるらしい。

実質、王様を除けば一番の権力者だ。

魔法省は役所、魔術の塔はギルドみたいな感じ？

エリューンは実力が他に類を見ないほど高い上、オーガスの庇護があるから、かなり自由な生活をしているらしい。

でなければ城に残って魔術の塔で働いていなければならなかったとか。

エリューンの家族のことを聞きたかったけれど、弟の俺が知らないのはおかしいので、そこは説明を求めることができなかった。

「トージュさんはどういう人なんですか？」

代わりに、事情を知ってる唯一の人のことを訊いてみる。

「トージュ様は侯爵家のご子息です」

「産まれた時から？」

「それはもちろん。陛下とお歳が近いので、子供の頃からお側役としてご友人でした。魔剣士の才能があったので、今は護衛騎士も務めてらっしゃいます」

魔剣士、か。

俺のゲームから得たイメージとしては魔法を使える剣士のことで、どちらかというとどっちも中途半端で使い勝手が悪いんだけど、ここでは違うんだろうな。

「剣に魔力を乗せるって聞いたんですけど？」

「然様です。魔力を剣勢として放つことができる剣士のことですね」

「ええと、エリューンがそういうことをしないのでよくわからないんですが、炎や氷の魔法を使うわけじゃないんですよね？」

「違います。剣の威力を増幅させて、切れないものを切ったり、剣の長さよりも長いものを切ったり、剣が当たらなくても目標を切ることができる力です」

「身体強化とも違うんですか？」

「違います。いえ、多少は強化されてらっしゃるのでしょう。私は魔力ナシなので上手く説明できませんが、陛下の鍛練を見学させていただくのが一番でしょう」

「わかりました、そうします」

大体そんなことを教わったところで、オーガスが戻ってきた。

夕食はまた四人だったけれど、約束通り部屋は昼よりは小さくなったし、背後に立つ人もいなくて会話がし易くなった。

今日何をしていたか聞かれたので、事実をそのまま告げる。

エリューンは嫌な目に遭ってなかったようだと安堵し、トージュは無表情のまま。オーガスだけが、何故か難しい顔をしていた。

その後はオーガスの部屋で少し話をしたけれど、話題はスタンピードのことだったので、俺は口を挟むことができなかった。

漠然と、『イノシシ大量発生で猟友会総出』を想像していたのだけれど、彼等の話からするとそれよりもっと酷いもののようだ。

まるで戦争のように語っている。

「帯同できそうな魔法使いは何人いる？」

「年寄りには護衛が必要です。前線に出られるのは五人ぐらいですね。魔剣士は？」

「トージュの特別隊を出す」

「王の親衛隊ですか」

「彼等には出動のことは伝えてあります。ただ訓練をさせると色々と目を付ける者が騒ぐかもしれませんね」

「安心しろ、リッカがいる」

「リッカは魔法を使えませんよ」

「わかってる。だが魔剣士を見たことがないそうだ。俺は見せてやると約束した。つまり、俺が愛人にいいところを見せるために特別隊に訓練を強いる、という形にする」

「そういうことにリッカの名前を使わないでください」

「軍の編成はトージュに任せていいな？」

「予算は如何しますか？」

「それはエルネストに任せる」

地図や書類を並べて大雑把ではあるが作戦を練って、その不足点を検討している。

一段落ついたところでお開きになったが、その間俺ができたのは、にこにこと笑ってることとお茶のおかわりを注ぐことだけだった。

「リッカ。オーガスが変なことをしたら全力で叩き出していいですからね」

「私もそれには賛成しておきましょう」

部屋を出て行くエリューンとトージュの言葉に、やっと緊張が解けた。

というか、自分が緊張してたんだと気づいた。

「そんなに俺は信用ないのかよ」

オーガスがぶつぶつ言うのにも、気が抜ける。

「過去にそういう事実があったんじゃないですか？」

「あるか。俺は王になる身だからな。付き合いには細心の注意を払ってた。ヘタに子供なんぞ作ったら揉めるからな」

「信用できる言葉だけど、情緒がないですね」

「信用されたんなら、それでいい。今夜からは一緒のベッドだからな、信用しないと困るだろう、お前が」

そうだった。

昨日は汚れた服のまま風呂にも入らなかったからソファで寝たけど、今夜からは一緒に眠ることになるのだ。

一瞬不安な顔をしてしまうと、彼は俺の頭を鷲掴(わしづか)むように撫(な)でて笑った。

「ベッドを見たら安心するぞ」

彼が寝室へ続く扉を開けると、その意味がすぐにわかった。

「大きい……」

以前家具店で見たキングサイズのベッドが大きいと思ったけど、そこにあるのはそれよりももっと大きなベッドだった。

「ここに一人で寝るの？」

「王様によっては、三人、四人で寝るヤツもいたんだろうな」

「どうしてそんなにいっぱいの人と？」

「……リッカは大人なんだろ？　わからんか？」

大人ならわかること？

あ……、そうか。愛妾（あいしょう）とかを呼んで……。

「わかった」

「そりゃよかった、こと細かく説明しないで済んだ。風呂に入ったら壁際の奥の方で横になってくれ。俺は何かあったら出て行かなくちゃならないから、出入りし易い方がいい」

「オーガスはまだ寝ないの？」

「さっき話し合ったことを纏めようと思ってな。リッカは何か考えついたことはあるか？」

「俺？　全然。戦争とか戦いとかしたことないし、魔獣のこともよくわからないから」

「お前が育ったところは平和だったんだな」

「うん。……この国、戦争してないでしょう？」

「他国とはな。さ、風呂に行ってこい」

何となく、会話が噛み合わなかったような気がして、俺はそそくさと浴室に向かった。

オーガスは特に何も言わず、書斎へ向かい、扉の奥へ消えた。

そして、俺が風呂から上がってベッドに横になっても、戻ってくることはなかった。


これは映画だ。

現実じゃない。

目を閉じて深い眠りに落ちて、目覚めたらまたいつもの朝が来る。

そう思って何度も目を閉じたけれど、目を開く度に入ってくる光景はゆっくりとなだれ落ちてくる山の斜面だった。

生えてる木々の姿がそのまま横滑りに動く、真っ暗な中に加藤さんの家も見えた。それらがある瞬間にぐちゃっと崩れて、下にあった集会所へ向かってゆく。

人の姿はない。

でも俺は知っている。

そこに誰がいるのか、を。

川が氾濫したって言うから、川から離れた集会所に向かったんだ。山は堅牢なはずなのに、バイパス道路を作るって調査が入ったのが悪かったんだろうか?

みんな、便利になるって喜んでたのに。

だから調査のために木を切ることも許したのに。

ああ、黒くなってゆく。

全てが真っ暗になってゆく。

どうしてあそこを出てきてしまったのだろう。俺は選択を間違えた。加藤さんを迎えに出るなんて言わなければよかった。俺を待たずに移動してって言えばよかった。あそこに残っていれば一人にはならなかったのに、また俺は一人になってしまう。

軋むような大きな音、雨風が吹き狂う音、思考も吹き飛ばされる。

『また』置いていかれる。置き去りにされる。いや、そうじゃない。俺があそこに残らなかったのが悪いんだ。

死にたいわけじゃない。

でも一人になりたくない。

もう一人には……。

「リッカ！」

突然、身体を揺さぶられて目を開けた。

薄明かりの中に浮かぶのは、じいちゃんでもばあちゃんでもなかった。

「大丈夫か、魘されてたぞ」

オーガスだ。

ああ……、あれはもう終わった光景なんだ。

「ありがとう、嫌な夢見てた」

夢じゃない、記憶だ。

でも俺は夢だと笑った。

なのにオーガスは難しい顔をしていた。

覆いかぶさるようにして俺を覗き込んでいた彼が、身体を起こして隣に座り直し、短い髪を掻いた。

「……リッカ、少し話をしよう」

「いいよ？」

横になったまま彼に身体を向ける。

薄手のガウンみたいな寝間着の胸元がはだけて、彼の厚い胸板が見える。俺の貧弱な身体とは違うな。

「リッカ、お前は何者だ？」

「俺はエリューンの弟だよ」

「エリューンの弟は死んでいる」

「え？」

「知らなかったのか」

「ええと……」

弟なのに知らないっておかしいよね。

返事に困っていると、彼は続けた。

「俺はエリューンのことは全て知っている。あいつには弟と呼べる者はいない。だがミリアの森で出会った時には、どこかから気に入ったヤツを見つけて世話をしているのだろうと思って気にしなかった。あいつが本気でお前を可愛がってるのがわかったから」

「エリューンはよくしてくれたよ」

「お前もエリューンが好きみたいだな」

「うん」

少ない明かりが、彫りの深い彼の顔に陰影を付けて、その表情を硬く見せる。

「お前はこの国のことを何も知らなさ過ぎる。それどころか世界の理も。エリューンのことも知らないのだろう」

「魔法使いだって知ってる。お城で働いてたことも」

「あいつの家族が一人もいないことは？」

「……知らない。言わないから訊かなかった」

彼が腕を伸ばして俺を引き寄せた。でも嫌な感じはしなかったので、力に従って彼の腕の中にすっぽりと収まる。

魘されてたから慰めようとしているのか、不審人物だから捕らえているのかわからないけれど、その腕の中は温かかった。

「知りたいか？」

「ううん、エリューンが言わないなら訊かない。知られたくないから言わなかったのかもしれないし。聞くなら本人から聞く」

「そうか。じゃ、お前のことを教えてくれ。お前はどこから来た？　あいつとどういう知り合いなんだ？」

言ってしまおうか？

この人は悪い人じゃない。それは俺にもわかる。でもどこまで話す？

「俺はエリューンに拾われたの。だから俺のことはエリューンから聞いて。彼が話をするなら何でも話していい。でも俺からは何も言えない」

「どうして？」

「俺が話すことの何が彼の迷惑になるかわからないから」

「あいつが喋ったら、何を知られてもいいのか？」

「うん。大した秘密はないもの。俺は怪我をして倒れてたところをエリューンに助けてもらった。だから彼の役に立ちたい。ただそれだけ」

「俺の愛人になったのも、あいつの役に立つならと言ってたな」

「エリューン、苛められてない？　守ってくれてる？」

顔は見えなかったが、抱いてくれてる身体が揺れたので笑ったのがわかった。

「あいつが苛められるところは見てみたいな」

ああ、この人はエリューンが困ったところを見ていないんだ。多分セクハラされてたと思うけど、その事実を知らないんだ。

「ひとつだけ約束して。俺が喋ったってカマはかけないで。『何を教えてもいいと言った』はいいけど、彼に嘘はつかないで。エリューンはきっとオーガスを信用してるから、裏切ったりしないでね」

「約束しよう。……お前は不思議な子だな」

「俺、成人男性なんだけど」

「それでも、子供のようだ。弟属性なのかもな」

「何それ」

今度は俺が笑う。

「エルネストも子供の頃は可愛かった。今は頭がよ過ぎて扱い辛いが」

「あなたを支えたいんだよ。弟って可愛がられたいけど助けになりたいって思うものだから」

「そんなもんかね。今夜はもう寝よう。このまま抱いててやる。下心はないぞ」

「うん。魘されてたらまた起こしてね。嫌な……、とても嫌な夢だから」

「わかった」

彼が俺を抱いたまま横になったので、胸に顔を埋めたまま目を閉じた。

人の体温を感じながらなら、きっと嫌な夢は見ないだろう。

態度は横柄だけど、この人は優しい。

俺のことを知りたいだろうに、それ以上突っ込んでくることもなかったし、どんな夢を見たのかとも聞かなかった。

抱き締めてくれる腕も、包むようにそっとだ。

「オーガスのことも好きだよ。だからあなたの役に立ちたい」

親切にしてくれる人達に恩返しがしたくて呟くと、頭の上から静かな声が響いた。

「俺の愛人役として利用されてくれるなら、それで十分だ」

そして頭を撫でられた。

本当の子供にするみたいに。


それからは、同じようなルーティンで日々が過ぎた。

朝起きて、四人で食事して、三人は仕事に、俺はクルトスさんに礼儀作法の授業を受けて、昼食にはまた四人で集まり夕食までまたお別れ。

夕食が終わると三人は作戦会議で、俺はお茶くみ。

どうやら俺が心配でエリューンが離れない、ということにして秘密の会議をしているのだと途中で気づいた。

とはいえ、何の役にも立たず置物になっているのは心苦しくて、その夜はリクエストに応え

てプリンを作り用意して待っていた。

「はい、約束のプリン」

金型に入れて蒸したプリンをお皿に出してカラメルソースをかけたものをテーブルに置くと、オーガスは珍しそうにじっと見つめた。

「これがプディング？　変わった形だな。上にかかってる黒いソースは何だ？」

「カラメル。砂糖を焦がしたものだから甘いよ。ここにはないの？」

「この世界でプディングと言えばローストした肉の肉汁に卵を流し込んで固めたものだ。料理の付け合わせだな」

説明してくれたのはトージュだ。

それってヨークシャープディングとか言うものじゃないかな。

トージュは物怖じせずスプーンを取り、早速一匙(ひとさじ)口に運んだ。

「ん、美味い」

「美味いのか？」

「私は好物です」

疑わしげなオーガスの言葉を尻目に、エリューンも食べ始める。

それを見てやっとオーガスもスプーンを取った。

「愛する者が作った料理だ。いただこう」

そして一口食べると、不思議そうな顔をした。

「甘いな」

「食感もよくて美味しいじゃないですか。また作って欲しいくらいです」

「トージュは甘いもの好きなの？　じゃあ、こっちのサンドイッチもどうぞ」

「サンドイッチ？」

オーガスに尋ねられて、この世界にはサンドイッチはないのかと思った。

「挟みパンのことです。私達の間ではサンドイッチと呼ぶことにしてるんです」

とエリューンがフォローしてくれたので、サンドイッチの形態自体はあるらしい。

「中身は甘い卵焼き。プリン作るって言ったら、厨房の人が卵割り過ぎたんで作ったものだけど。手でつまんでどうぞ」

「甘い卵焼き？」

一瞬、真面目な顔のトージュの目が輝いたのに気づいてしまった。

怜悧な印象の人だけど、甘党なのか。

「これもエリューンが好きなんだよ」

「卵焼きって何だ？」

そう言えば、西洋料理に卵焼きってないな。オーガスの疑問はさもありなん、か。

「そのまんま、卵焼いたもの。オムレツみたいなものって言えばいいかな？」

「オムレツが甘いのか？」

「ちょっと違うけど、まあそう。食べてみて。合わなかったら別の物作ってきてあげる」

ここのパンはカンパーニュみたいに硬いパンなので薄切りにしたのだが、オーガスにはそれもまた不思議だったようだ。「パンが薄過ぎる」とブツブツ言っていた。

体育会系の人って、食べ応えが優先だもんな。

けれどここも、トージュが先に口にし、褒めてくれた。

「ん、美味しい。懐かしい……ような味わいだ」

「素朴だから。卵焼いてパンに挟んだだけだもの」

簡単なものだから、褒められるとちょっと照れるな。

「でも甘さの加減が丁度いいですよ。リッカの作るものは何でも美味しいですね」

俺に甘いエリューンも褒め言葉を口にする。

トージュは紳士だし、こうなると正当な評価はオーガスからかな？

「確かにな。甘いものはそんなに好きじゃないが、俺はこれくらいの甘さがいい」

おお、オーガスも褒めてくれた。

そういえば、俺の家族はみんな甘い卵焼きが好きで、ばあちゃんは普段食が細いのに、卵サンドだけは綺麗に平らげてたなあ。

「褒めたのに、どうしてそんな顔をしてる」

昔を思い出して視線を下に向けた俺に、オーガスが声を掛けた。

「あ、いえ。次は何を作ろうかな、と思って」

「なら甘くないものがいいな」

「リッカは料理上手なんです。私は野菜の肉巻きとかハンバーグとかが好きですね。ハンバーグサンドは仕事中でも食べられるのでよく作ってもらいました」

「ハンバーグ？」

「細かくした肉を丸めて焼いたものです。それをこれと同じようにパンに挟んで出してくれるんです」

「肉か、それなら俺も食いたいな」

「……私も食べたいです」

遠慮がちにトージュが言うので、エリューンが少し驚いた顔をしていた。

「あなたがそんなに食に興味があるとは思いませんでした」

「食べたことのないものだからな。オーガスもだろう？」

「ああ。毎日は無理だろうが、時間が空いた時に作って欲しいな。他にはどんな料理があるんだ？　エリューンが嫌いなものでもいいぞ」

「リッカは私のために作ってくれるんですから、私の嫌いなものなど作りません」

三人共、会議そっちのけで俺の料理について話し出した。

エリューンが我が事のように自慢げに今まで食べた料理の説明をし、二人が目を輝かせる。

特に、トンカツの時にはオーガスの、ポテトチップスの説明の時にはトージュの目が輝いていた。

期待の眼差しを受けて、嬉しかった。

たかが料理だけれど、俺も役に立ってる。人を喜ばせることができるのだと。

「明日、作れるか？」

「夕食は料理人が腕によりをかけて準備してるだろうから、昼食になら出してもいいか聞いてみる」

「もちろんいいに決まってますよ。珍しい料理を学べると楽しみにしないのなら料理人じゃありません。何だったら、私も同行しましょう。でも無理をしてはいけませんよ。料理をするのは時々でいいんですからね」

「わかってる。人の仕事は奪わないよ」

「あなたが大変にならないように、と言ってるんです。でも、やることができて嬉しそうな顔をしてるから、まあいいでしょう」

俺の心を読んだようなエリューンの言葉に、俺はヘヘッと笑った。

「楽しみにしててね」

エリューンの好きなもの、いっぱい作ろうと思いながら。


もう一つ、イレギュラーというかルーティンではないのが訓練場の見学だった。

それがお役目であると知ったので、遠慮なくオーガスに付いて訓練場へ向かう。

剣士の訓練というから、道場みたいなものかと思ったら、広いグラウンドの端に的があり、そこへ向かって遠くから剣を振るっていた。

すると剣の先から『何か』が出て、的を破壊するのだ。

「あれが剣勢です」

オーガスは訓練場に出ていたので、観覧席みたいなところで説明をしてくれたのはトージュだった。

「剣に魔力を乗せて振るうと、魔力が弾丸のように飛び出すんです」

「へぇ……」

「対象に直接切り込む時には魔力で剣の力を何倍にもして、大きな剣を振るっているようになります。ですから、剣よりも大きな魔獣の首を切り落とすこともできます」

「でも魔剣士の人は魔法は使えないんですよね？」

「そうですね。ありあまる魔力を剣という媒体を通して外に放出しているだけですから。魔法使いとは、自分達の魔力をちゃんとした魔術式を組んで変化させて魔法として使える人間のことを指します」

「エリューンは凄い？」

「我が国一番です。だからこそ、生き残れた」

「生き残れた？」

「彼の実の弟の魔力暴走のことは聞いてませんか？」

あ、これは聞いちゃいけないヤツだ。

「聞いてないからそれ以上言わないで」

「リッカは誠実に育ったな……」

トージュにも頭を撫でられてしまった。

俺ってば、本当に弟属性ってヤツなんだろうか。

暫く見ていると、オーガスがグラウンドに出てきてトージュを手招きした。

「打ち合いをお望みのようですね。失礼します」

彼はそのまま観覧席の手摺りを乗り越えてグラウンドに下り立った。

威風堂々なオーガスと、長髪を靡かせたトージュ。共に黒い騎士服に身を包んだ二人が向かい合って剣を構える姿は絵のように見応えがある。

何かの合図があるわけでもなく、一瞬で二人は剣を構えて打ち合い始めた。

重い金属が当たる音が響き渡ると、周囲の騎士達も二人に注目した。

道場でいえば実力一、二の剣士の戦いだもの、見逃せるものかというところだろう。俺だって、前のめりに注視してしまう。

美しい剣技はまるで踊りのようだと言ったのは誰だったか。足さばきはステップのようで、大きく振る腕も、ぎゅっと固めて守る様も、本当に舞踏のようだ。

ああ、綺麗だな。

猛々しい姿のはずなのに、ミスやバランスを崩すことなく真剣に打ち合う二人の姿は目が離せないほど美しい。

オーガスが間を取って上段に構えてから剣を振るう。

その時、剣の切っ先から僅(わず)かな光を帯びた球体が飛び出した。

あれが剣勢か。

トージュはそれを剣で薙(な)ぎ払ったが、振り下ろした剣を上げる時にもまたオーガスが剣勢を放ったので身体を引くしかなかった。

下がったところへオーガスが飛び込んで剣を打ち下ろすが、それは何とか受けられる。

うう……っ、男として血が騒ぐ。俺もあそこに下りて……。

「あなた」

没頭していたのに、背後から女性の声が聞こえた。

「ちょっと待って！　あの試合が終わるまで」

誰だか知らないけど、あの勝負の結末を見逃したくない。

「私が声を掛けているのに無視するつもり？」

「ごめんなさい。誰だかわかんないけど、あの試合が見てたいんだ。あなたも見るといいよ、二人共凄い！」

「……それはまあ、陛下とトージュ様ですもの」

言ってる間にも、今度はトージュが剣勢を飛ばした。オーガスはそれを跳んで避け、横薙ぎにして剣勢を放ち返す。

どんな体勢でも剣を振ればあれを出すことができるらしい。いや、それはオーガスだからなのかも。

トージュも避けたが、靡く長い髪の先に当たったのか、パッと黒髪の先が散った。

「あ」

けれど意識を逸らすことなく構え直して切り込んでいく。

身分の上下関係があるはずなのに、躊躇う素振りもなく打ち合う姿は真剣そのものだ。

けれど、腕力の差なのだろうか、剣が組み合うとオーガスが押し込み、トージュの足を引っかけて体勢を崩させると上から押し切った。

うーん、あれは礼儀に欠けるが、実戦ならアリってことか。

勝負に決着がついたので後ろを振り向くと、金髪の女の人が数人の女性を従えてこちらを睨んでいた。

「うわぁ」

「……何ですの？」

「あ、ごめんなさい。お姫様みたいに綺麗だったから」

オレンジのドレスに身を包んだ金髪のご令嬢は、モデルさんみたいに美人だった。でも聞こえるのは日本語なんだよな。チート能力のせいとはいえ、何か不思議。

「あなたね、最近陛下の側をうろちょろしている子ネズミは」

「ネズミじゃなくて人間です」

「比喩（ひゆ）よ！　そんなこともわからないの？」

「ユリアーナ様は、侯爵令嬢で陛下の婚約者候補筆頭なのよ」

背後に控えていたグリーンのドレスの赤毛の女性が説明するように言う。こちらも肉感的な美女だ。

「そうですか、初めまして」

「初めまして、ねえ。そうよね、あなたみたいな人が私達に会えるわけがないのですものね」

うーんと、これはアレかな。オーガスを巡ってのマウント合戦かな。

俺はオーガスの愛人でなきゃいけないわけだから、ここは譲っちゃいけないんだよね？　でも女の子相手にケンカを買うのも主義には合わないし。

「何とか言ったらどう？」

俺が言い返さないでいると、他の女の子達からも口撃が始まる。

「なぁに、シャツに上着だけなんて、みっともない」

「あ、まだ服が仕立て上がってないので」

「陛下におねだりでもしたの？」

「いや、いらないって言ったんですけど、ここではちゃんとした服を着なきゃいけないみたいなので。服が出来上がるまでは公式の場には出ませんので」

「当然でしょう。というか、あなた、公式の席に出るつもりなの？」

「出ろと言われれば出ます」

「じゃあ出ないで。あなたなんか見たくもないわ」

「でもオーガスが言うなら出ないと。彼が一番偉い人だから」

「陛下のことを呼び捨てにするなんて、何て厚かましい！」

何を言っても腹立たしいんだろうな。

こういうの、味わったことがある。

村の会議所で意見を言った時だ。俺が一番若いので、何を言っても『若造が』って一蹴されたことがあった。親しくなったらなくなったけど、最初はやっぱり格下に見られてたっけ。

「何とかおっしゃったら？」

「もったいないなと思って」

「もったいない？」

「皆さん美人なのに、今は目が吊り上がって美貌(びぼう)を損ねてるから。女の人は笑ってる方が断然綺麗ですよ」

褒めたつもりだったのに、女性達は更に目を吊り上げてこちらを睨んできた。

「あなた、私達をバカにしているの！」

先頭の、確かユリアーナ様と呼ばれた金髪美女が声を上げた時、彼女達の背後から笑い声が聞こえた。

全員が睨むように後ろを振り向き……、見事なまでに表情を変えた。うっとりと憧れるような眼差しに。

「まあ、エリューン様」

それもそうだろう。そこに立っていたのは笑いを堪えられないという顔のエリューンだったのだから。

「皆さん、私の可愛い弟を苛めないでやってくださいね」

「お……とうと……？」

女性達をかき分けるようにしてエリューンがこちらに近づき、俺の隣に立って肩を抱く。

「ええ、私の弟でリッカ・ルスワルドです」

ファミリーネームまで告げたので、彼女達の顔は蒼ざめた。『弟のような』ではなく、『弟』とわかったからだ。

この国一番の美貌の魔法使いで、陛下の幼馴染み。この中には彼狙いの女性もいるんじゃないかな。

「それで？　リッカがあなた達をバカにしているとか？　厚かましいでしたっけ？　それとも見たくないでしたか」

どっから聞いてたんだよ。女の子達みんな固まっちゃったじゃん。

「ねえ、エリューン。みんな美人だよね？」

俺の言葉に、全員が視線をこちらに向けた。

「お城ってこんなに美人ばっかりなんだ」

「リッカ……」

「若い女の人があんまり周囲にいなかったから、緊張して失礼な物言いしたかも。これから気を付けるね」

「……なかったことにするんですね？」

「男は凄んでもカッコイイけど、女の人は笑ってた方が好きってだけ。それより、オーガス達の剣技見ようよ。俺もやりたくなっちゃった」

「あなた、剣は重たいって言ってたでしょう」

「うーん、もっと身体鍛えないとダメかな。お城来てから運動してないし、訓練に混ぜてもらえないかな？」

「無理でしょうね。レベルが違い過ぎます」

俺達が二人だけで会話を始めたので、女性達は無言のまま去っていった。

その後ろ姿をちらりと見て、エリューンが尋ねる。

「あれでいいんですか？」

「いつか来るとは思ってたし、口で言われるのは平気。公式の席に出たらもっと凄いこと言われそうだけど」

「私が側にいますよ」

「エリューンは仕事があるから一人になる時もあるでしょう？　気にしてたら切りがないよ。俺はわかってくれる人がいれば気にならない。両親がいなくて色々言われたこともあったし」

「……口さがない人間というのはどこにでもいますからね。あなた、オーガスに何を話してもいいって言ったんですか？」

「うん。エリューンが言っていいと思ったことは何でも話していいよ。……エリューンの本当の弟が亡くなったって話、聞いちゃったんだけど平気？」

エリューンは一瞬言葉を詰まらせたが、何げないふうに頷いた。

「五歳下の弟がいたのですが、幼い頃に魔力暴走を起こして亡くなりました。魔力を爆発させたようなものです。それで両親も亡くなりました。私は咄嗟に防御結界を張って一命を取り留めたのですが、そのせいで魔法使いの素質ありと言われて城に引き取られたんです」

「俺、その弟さんに似てる？」

「いいえ、全然。弟も私と同じ銀髪でしたし、よく癇癪を起こす子供でした。魔力持ちは我が強いんです。でも、全てを失うということの意味は知っています。だからあなたを守ってあげたい」

言いながら、彼は俺の肩を抱いてコツンと頭を合わせてきた。

「辛い時に優しくされると頼ってしまう。それが裏切られるともっと辛くなる。だから私はあなたを裏切りたくありません」

言葉の裏を返せば、自分はそういう目に遭ってしまった、ということだろう。

「拾った子犬は最後まで面倒見るタイプだ」

「何です、それ？」

二人で笑っていると、目の前からぬっと黒い塊が現れた。

「お前等、俺の勇姿を見てなかったのか？」

オーガスだ。俺はすぐに手摺りに近づいて身を乗り出した。

「見てた！　すっごくカッコよかった！　明日も見に来ていい？」

「いいが、俺はいないぞ？」

「今日はオーガスしか見てなかったから、明日は他の人達を見たい」

俺はワザと大きな声でお願いした。

「これから毎日訓練してるところ見せて。それで少しだけ俺も参加させて」

俺のために訓練させるって名目が欲しいんでしょう？　だからちゃんと役目を果たすよ。

オーガスも察してくれたみたいで、苦笑しながら了承してくれた。

「いいだろう。ノーマン！」

名前を呼ばれて、近くにいた赤毛の騎士が駆け寄ってくる。この人がノーマンか。

「明日っから特別隊は訓練を強化しろ。リッカに見せてやりたい。こいつが何時見学しに来ても見られるようにな」

「ハッ」

事情を知ってるならナイスタイミング、知らないなら面倒なことをと思ってるのだろうが、ノーマンの表情は変わらなかった。

トージュといい、騎士は感情を表に出さないらしい。

「リッカ、もっと身を乗り出せ」

「こう？」

言われて前屈みになると、オーガスにひょいっと持ち上げられ、そのまま腕に抱えられる。

「重いよ？」

「軽いさ」

彼の腕に座るように持たれると顔が近づき、小声で尋ねられた。

「女共に声を掛けられてただろう」

「見てたの？　でもエリューンが来て弟だって紹介してくれたから、特に何もなかったよ」

「ふぅん。まだ見てるぞ」

「え？　そうなの？　もういなくなったかと……」

彼の視線の先を追おうと顔を逸らした途端、頬にキスされてしまった。

「う……っ！」

いや、頬だから許可はしてるけどね。でも他人にキスされるという経験はなかったから、つい顔が赤らんでしまう。

「何だ、純情だな。その歳で初めてでもないだろう。俺だからか？」

「……初めてだからです」

「だからキスは頬までと言ってたのか」

笑われたけど、嫌な笑いではなかったから許そう。

「もっとおねだりしていい？　俺も見学だけじゃなくて訓練したいな」

「それはダメだ。危険だからな」

「打ち合いはしないよ。そんなに力ないもん。ただ素振りとか走るのとかぐらいはしたい。運動不足で太りそう」

「太ってもいいが、見た目が落ちるのは困るな」

「でしょ？」

ワザとなんだろうけど、耳元で小声で話をするから傍から見たらイチャイチャしてるように見えるだろう。ノーマンが、やっぱり無表情のままじっと見てる。

その彼を振り向いて、オーガスが命令した。

「ノーマン、こいつが訓練したいと言ったら面倒見てやれ。打ち合いは禁止だが、素振りぐらいは教えてやれ」

「その方が訓練ですか？」

あ、ちょっと表情が崩れて、困ったように眉が動いた。

「安心しろ、自分の力不足は弁（わきま）えてる。身体を動かす場所が欲しいそうだ」

「それでしたら」

今、安堵したような顔に見えたのは、きっと気のせいではないだろう。

俺が本当にオーガスの愛人だと思ってるから、怪我をさせたら大変って思ったんだろうな。

「よろしくお願いします」

オーガスに抱きかかえられたまま、俺は頭を下げた。

「陛下の大切な方のためとあれば、誠心誠意務めさせていただきます」

こうして、俺のルーティンに訓練場通いが加わった。


一週間が過ぎて、俺の服が出来上がった。

何か漫画の貴族みたいな刺繍（ししゅう）の入った長めの上着だ。

城の居住区を出る時には必ずその上着を着るようにとクルトスさんに厳命された。

中のシャツは普通のデザインだけどシルク。ズボンはファスナーがないから全部ボタンだけど、デニムでそういうのも持ってたから問題はない。

そして下着は、ボクサータイプのものだけど、ウエストが紐（ひも）だった。この世界にはゴムがまだないらしい。

オーガス達は着替えた俺を見て、子供の七五三の晴れ着を褒めるみたいに『似合う』だの『かっこいい』だのと言ってくれたけど、褒められれば褒められるほど恥ずかしかった。

自分で言うのも何だけど、俺はそんなに美形じゃない。

顔が悪いとは言わないけど、普通だと思ってる。

まして、この世界は西洋っぽくてみんな彫りが深いから、平均的日本人の俺としては鏡を見る度に子供扱いも仕方ないかとため息をついてしまう。

成人男性なのに……。

筋肉の付き方も違うんだよな。

オーガスやトージュや、騎士の人達は脱いだら凄いんです、な体型だけど俺は細い。

農協で野菜のカゴを何なく持てるくらいの力はあるんだけど、筋肉が付かない細マッチョ系なのだ。

だから、彼等からはひ弱と見なされていた。

訓練場でも、木剣の素振り以外は走り込みとストレッチしかしていないし。俺の素振りは彼等には微笑ましい程度にしか見られてないみたいだ。

エリューンは俺と同じくらいの体型だけど、本当に腕力がないから、彼と同じくらいと思われているのかも。

剣帯ももらった。

「それはお前のお守りだと言うからな。身につけていたいだろう」

そう言ってオーガスが特注の、刀のサイズにぴったりなのを用意してくれた。

皆が持ってる剣が大きくて頑丈なものだから、如何せん刀は飾り物みたいに見える。でも、刀を下げていると少し安心した。

自分が自分である証明みたいな気がして。

そして、服が出来上がった途端、オーガスは俺を連れ歩くようになった。

……甘々マシマシで。

歩く時は腰に手を回し、話す時には耳元に顔を寄せてくる。時には頬や耳にキスもされる。

エリューンが魔術の塔の仕事で忙しくなり、夕食時以外は姿を見せなくなったので注意してくれる人がいないからやりたい放題だ。

でもまあ、これが仕事だから笑って受けるけど。

ただ、議会に連れて行かれた時にはちょっと困った。

すり鉢状の議場、底の部分はテーブルがあって、オーガスとエルネスト殿下と大臣達が囲んでいる。すり鉢の壁面の席には高位の貴族達。

そんな中、俺はオーガスの隣に座らされた。

もう全員の目が『あれは誰だ?』と言ってる中、オーガスは俺をこう紹介した。

「リッカ・ルスワルド、エリューンの弟だ。俺の大切な伴侶だから王妃と思ってくれ。こいつ以外の伴侶は求めないから以後縁談は持ち込むな」

一瞬にして議会はざわつき、エルネストは頭を抱えた。

「では議題に入る」

だが、その場では異論を唱える者はいなかった。

それだけ王の権力が強いのか、会議を進行させる方を優先させたのか。

議題は当然のことながら魔獣のことで、各地に出没する魔獣からスタンピードがもう一度起こるのでは、と対策を話し合った。

前回オーガスが赤目を倒したし、今はエリューンの結界があるからさほど真剣にならなくていい派と、もしそうなら前回以上の被害が出るだろうから細かく対処法を考えるべきだという慎重派が意見を戦わせていた。

けれどオーガスが、王としてスタンピードは絶対に起こると宣言すると、空気は一変した。

この世界での王の言葉の重みを見た気がする。それとも、一度赤目と戦ったオーガスの言葉だからなのかも。

いずれにせよ、その議題のお陰で俺のことは彼等の頭の中から弾き出されたようだ。特に俺が意見を求められるわけでもなかったし。

その後は、現在の警備や兵士達への補給と戦闘が起こった時の救護態勢。スタンピードが起こった時の周辺住人の避難と保護。それらに伴う財政の出資などをどうするべきかと様々な問題点をオーガスが提言し、解決策も彼が提案して。終始会議を進めているのはオーガス一人という状況のまま終了した。

しかも戦闘のことだけでなく、その時の市民の生活にも目を向けている。

自分は政治向きではないようなことを言っていたけれど、彼の慧眼(けいがん)は認めるべきものだ。これでは簡単に王位を退かせてはもらえないだろう。

戦闘でも彼は必要なのかもしれないが、国にとっても必要な人だと思った。

難しいな。

戦って一番強い人が、戦わない人々を守るのにも必要な人材なんて。危険な目に遭わせたくないけれど、先陣を切って欲しい。でも命は落として欲しくない。大切に守りたい。

議会の人々の顔にも、そんなジレンマが浮かんでいた。

「オーガスは過保護だね」

会議が終わって議場を出た後、俺はオーガスに話しかけた。

「過保護？」

昼食のために王族の居住区へ戻る廊下には、人の姿はなかった。

だから俺は踏み込んだことを口にした。

「一人で全部やろうとする。できるからなんだろうけど、他の人にももっと考えさせて、やらせればいいのに」

「俺がやるのが一番早い」

「かもしれないけど、それじゃ王様は辞められないよ？　あなたが何でもやるから、他の人は努力をしなくなる。陛下に任せておけば安心だって。そして王様に頼り切るから、いなくなったら困るって考えになる。あなたがいなくなったら大変だからね。みんなオーガスに依存するんだ」

「……言うな」

怒るというより、意外という顔で見られた。

怒ってないなら、もう少し言ってもいいかな？

「あなたがいなくても国が回るって思わせないと、戦場へは出られないんじゃないかな」

「そのためにはどうすればいいと思う？」

「後を弟に任せるなら、暫くエルネスト殿下に任せてみたら？　それと、問題点と解決策をみんなに考えさせて書面にして提出しろって言うとか。時間はかかるかもしれないけど、みんなの考えもわかるし、各自が当事者意識を持つでしょ？」

「なるほど」

「それと、特別隊の訓練のことも公にした方がいいんじゃない？」

「危機感を煽るだけだろう」

「煽らないと、『いつか』の出来事としか思わないでしょ？　『いつか』なんて日は来ない遠い日だ。でも現実には近く起こることだって言うなら、ちゃんと怯えさせておかないと。怯えさせるのが可哀想と思うなら、やっぱりオーガスは過保護なんだよ」

彼は立ち止まってじっと俺を見下ろすと、乱暴に頭を撫でてきた。

「もう、子供扱いしないでよ」

「子供扱いじゃない。褒めてるんだ。キスしてやりたいが困るだろ？」

「困る」

「リッカの言いたいことは伝わった。そんな考え方はしたことがなかった。俺は王だから、俺が動かなければならないと思い込んでいた。だがお前の考えにも一理ある。お言葉に従って、一週間ほどお前と蜜月を楽しむことにしよう」

「はあ？」

「愛人にうつつを抜かす王も演じられるし、他者の実力を確かめることもできる。いい方法だろう？　その間の指揮はエルネストに任せよう」

「突然そんなことして大丈夫？」

「あいつを王にするなら、少し実践経験を積ませるべきだった」

「ああ、それはね。どんなに実力があっても、突然言われると対処できないってこともあるからね」

「そうだ。そんな当たり前のことに気づかなかった。あいつにはその才能があると思っていたから、経験の必要を考えなかった。ありがとう、リッカ、気づかせてくれて」

そう言ったオーガスの顔はとても穏やかで、ちょっとドキッとしてしまった。

イケメンって怖い。そっちの趣味はないはずなのに。

俺ってば、強い男はじいちゃんで慣れてるけど、こんなふうに感謝を向けられるとくすぐったくなっちゃうタイプなんだよな。認められたい、褒められたい、役に立ちたいっていう欲があるから。

「そういえば、今日はトージュいないね？　いつも一緒なのに」

話を逸らすように言うと、彼の表情が変わってくれた。穏やかな顔が拗ねた顔になる。

イケメンでも、この顔なら平気。

「エリューンに付けてる。何だ、トージュが気になるのか？　浮気はダメだぞ？」

「そういうんじゃなくて、気になっただけ」

「ならいいが。トージュもよくお前を見てるからな。王と側近で恋のもつれとかは御免だ」

「そうなの？　気づかなかった。でもそれって王様辞める理由にならない？」

「スキャンダルは困る。戦場で指揮を執る妨げだ。お前は俺だけのものでいろ」

オーガスはまた俺の腰に手を回してぎゅっと抱き寄せた。

「今日のことでリッカに更に興味が湧いた。蜜月は二人きりで楽しく過ごすぞ」

甘い声で、そう耳元で囁きながら。


午後にも会議があったらしく、部屋で食後のお茶を楽しんでいたらお迎えが来た。

ちなみに、エリューンとトージュは魔術の塔で食事するとかで不在だ。

「これから一週間、議会はエルネストに任せる。今朝の議題について各自の考えを書面にして提出しろと参加者全員に伝えろ」

言われたお使いの人は戸惑っていたが、オーガスは譲らなかった。

「働き過ぎで疲れた。いずれ出撃するから少し休みを取る。俺一人がいなくちゃ何もできないってわけじゃないだろう？　もしそうだったら、議会なんぞ必要ないはずだからな」

俺の意見を参考にしてくれたみたいだけど、言い方ってものがあるだろうに。

それでも、お使いの人は黙って引き下がった。

「いいの？」

「何が？」

「本当に実行しちゃって」

「お前の考えに納得したから俺の考えで実行している。責任は自分で取る。お手上げになったらもう一度呼びに来るだろう。ま、その時すぐには行けないように酒でも入れておくか」

彼は居室の棚に並んだ酒の瓶とグラスを取り出して奥に付いてこいと顎で示した。奥とは寝室のことだ。

「どうして寝室に？」

「寝室は奥まってるから盗み聞きの心配がない。こっちじゃ廊下で耳を澄ませたら聞かれるかもしれない」

「聞かれて不味い話？」

「お前のことだ」

寝室の大半はベッドだけれど、その隅には小さなテーブルと大きな長椅子が置かれている。

多分、こんな風に寝酒を楽しむためなのだろう。

オーガスはどっかりとそこに座り、俺に隣に来るよう促した。

「少しくらいなら飲めるだろう？」

見くびらないで欲しい。酔っ払ったおじさん達の洗礼を受けてきたのだ。お酒は強い方だ。

「少しじゃなくて、結構飲める方だよ」

そう言ったのに、彼が俺に渡したのは枕元に用意された水でお酒を薄めた水割りだった。

口を付けると、味はブランデーっぽかったが蒸留が甘いのかアルコールの度数は俺の世界より低い気がする。

「全然イケます」

「エリューンは弱いぞ」

「弱いんじゃなくて、味が苦手だって言ってた。果実酒なら飲むって」

「ワインも飲まないのに？」

「苦いからだよ。ハチミツで割ったら飲んでたよ」

「あいつのがリッカよりお子様だな」

長椅子に座って二人でグラスを傾ける。

「エリューンにお前のことを訊いた。何を訊いてもいいと言われたから教えろと。そうしたら、お前が何を話してもいいから本人に訊けと言われた。責任を押し付け合ってるな」

「そうじゃないよ。相手にとっていいことがわからないから確認し合ってるだけだと思う」

「お前は遠いところから来た、とだけは聞いた。俺の知らない、誰も知らない違う世界から。本当か？」

「うん、そう」

「あっさり言うな」

「終わったことだから」

過ぎたことだ、全部。思い出しても何にもならないこと。

なのに彼は顔を顰めた。

「戻る術はないのか？」

「ないみたい。どうやってここに来たかわからないし、この国一番の魔法使いのエリューンができないって言ってたから」

「家族はいたのか？」

「いたよ。でももういい」

「もういい？」

「会えないなら思い出さない方がいい」

「思い出したくないほど酷い親だった？」

「違う！　みんな優しかった。大切にされてた」

あ、嫌だな。考えたくないのに。

「それより、魔獣のこと教えてよ。絵姿とかないの？　俺、見たことなくて。俺のいた世界は魔法もないし魔獣もいなくて……」

「リッカ」

咎めるような低い声。

「俺はその顔を知っている。諦めて、全て捨てた顔だ。そういう顔は好きじゃない」

「俺みたいな平凡な顔、本当は好みじゃないでしょう？」

「よく笑う可愛い顔は好みだ。子供のようで子供じゃない。思慮深く肝が据わってるところも。だが今の顔は辛い」

「辛い？」

「お前はよく笑う。だが、心から笑ってるように見えない。心が揺らいでいないというか、空っぽというか、どこかが固まってるように見える。……上手く言えないが、本音じゃないように見える。これでも王様なんぞをやってるくらいだから、人の心の機微を読むのは上手いんだ」

「俺は……、普通にしてるよ」

「何かを呑み込んでる顔だ」

「呑み込んでなんかいないって」

「普通じゃないから、毎晩のように魘されるんだろう」

「……え?」

「『置いていかないで』『もう誰もいない』そう言いながら泣いている。手を握って抱き締めると安心して眠るが」

そんなこと言ってたんだ……。しかも彼の手を握るなんて子供みたいなこと、恥ずかしくて顔が赤くなる。

思い出さないようにしてるのに、夢は別物なのかな。

「戻ることのできない場所から来たのなら、辛かっただろう。ここにいる限り、俺がいる。いつか戻れる方法も探してやる。今は無理でも、スタンピードが終わったら、魔術の塔に研究させることもできる。だからもう悲しむな」

気遣う言葉に、羞恥(しゅうち)で熱くなった顔がスッと冷えた。

「戻らないよ……」

「何故?」

「何故でも。もうこの話はいいよ。過ぎたことは考えない主義なんだ」

「その歳まで育った場所だ。会いたい人間もいるだろう。懐かしい場所もあるだろう」

会いたい人、懐かしい場所。

ダメだ。

封じ込めていた記憶がドッと溢れてくる。

育った家、遊んだ野山、働いていた役場、両親と兄の眠る墓地、通っていた道場や近所の雑貨屋。じいちゃん、ばあちゃん、親切だった村井のおばあちゃん、ちょっと偏屈だった加藤さん、俺を取り巻いていた多くの人々の笑顔。

そして真っ暗な雨。

全てが崩れる音。

頭の中に蘇る、あの絶望的な光景。

それを打ち消すように俺は手にしたグラスを一気に煽った。

考えちゃダメだ。思い出したらダメだ。

「もう全部忘れた！」

「死んだのか？」

グッと胸が詰まる。

その言葉が胸を抉る。

涙が出そうになって唇を噛んだ。

「リッカ」

その唇を彼の指がこじ開ける。

「噛むな」

食いしばることができなくなると、涙がポロポロと零れてしまった。

「……何もない」

「そんなことはないだろう。思い出すからそんなふうに……」

「何もないっ！　全部……、全部なくなった。誰もいない。みんな、みんないなくなった！

俺もあそこに残ってれば一緒に逝けたのに、俺だけこんなところに……」

その言葉だけで、彼は何かを察したように俺を抱き締めた。

「みんな死んだのか」

答えず、俺は彼の胸に顔を押し付けた。

「そうか」

抱き締めた手が、そっと背中を撫でる。

冷たくされるのは平気、笑っていることもできる。

でも優しくされると我慢ができない。

転んだ子供が『大丈夫？』と訊かれてから泣いてしまうように、慰められると慰められるようなことがあった自分を思い出してしまう。

エリューンは何も言わなかった。

話を聞いた時も、無言で頷くだけだった。だから彼の前では泣かなかった。

魘されていたのは今に始まったことじゃないだろう。彼も気づいていたかもしれない。でも何も言わなかったから、忘れたフリができた。笑って、穏やかに暮らしていられた。

でもオーガスは優しく抱き締めて、慰めるように撫でてくれるから、涙が止まらない。

「泣ける時に泣いておけ。でないとエリューンみたいに捻た性格になるぞ」

「エリューン？」

「エリューンの弟の話は聞いたか？」

「……この間少し。魔力暴走を起こしたって」

「そうだ。エリューンの弟もあいつと同じくらいの魔力を持っていた。ある日子供らしい癇癪を起こして魔力を放出してしまった。きちんとした魔法でもなく、何かの道具に向けてでもなく。まるで嵐のように屋敷を破壊し、本人と両親、使用人達が亡くなった。エリューンは防御結界を張って一人助かった。その結界の強さから、王家で引き取り、魔術の塔で訓練をすることになった」

俺を泣かせるに任せて、彼は一人でポツポツと語った。

彼は王子だから、跡継ぎだから、スペアである弟とも別々に育てられた。どちらかが病気になった時に感染したりしないように。そこに現れたエリューンを可愛がりたいと思ったが、魔力暴走を起こした危険な子供を王子に近づけるわけにはいかなかった。

目はかけていたが、ある程度の距離は取らなければならなかった。

城へ来たばかりのエリューンは怯えた子供だったが、大人ばかりの魔術の塔にいる間にあんな捻た性格になってしまった、と。

「エリューンは一人だったの？」

「暫くは魔術の塔の連中に任せていたが、当時既に俺の側近候補だったトージュが面倒を見たいと言ったから、トージュが一緒だった。弟のように面倒を見ていたな。あいつには妹しかいないから嬉しかったんだろう」

話している間にもずっと背中を撫でてくれていた手が止まる。

「それでも、あいつには足りなかった。後悔ばかりだ。もっと早くに、手を差し伸べて泣きたいだけ泣かせてすっきりさせてやればよかった」

ああ、そうか。

エリューンが俺に触れずにいてくれたのはそういうことか。

彼は俺の話を聞いて、俺が座り込まないようにしてくれたんだ。

「……違うよ」

「俺達は……、俺は強くなりたいんだ。自分だけの人がいないなら、自分の足で立てるようにならなきゃいけないもの」

俺はゴシゴシと自分の目を擦って涙を拭った。

「一度座ると立てなくなる。オーガスはやっぱり過保護だね。泣いてる人に手を差し伸べたいと思ってる。でもね。泣き止んだ後にいなくなるなら、それは慰めにはならないんだよ」

強い王様は、意味がわからないという顔をしていた。

「『ありがとう、もう大丈夫。泣いて少しすっきりした』」

きっと、わからないだろう。でもそれでいい。

「リッカ」

彼の手が頬を捕らえる。

正面から顔を覗き込まれて目が合う。

「今の言葉は……」

「何やってるんですか！」

そこに、ノックもなくトージュが飛び込んできてオーガスの手から俺を奪い取った。

「芝居だと言ったでしょう。泣いてる子供を襲うなんて、見損ないましたよ！」

「いや、違う。襲ったんじゃなくて……」

慌てるオーガスの姿に、俺は笑った。

俺が笑うと、彼の顔は歪んだ。でも俺は笑い続けた。

「違うよ、トージュ。俺がお酒飲んで泣いたから、慰めてたつもりだったみたい」

「酒が飲めるようになったのか……」

感慨深げにポツリとトージュから言葉が零れる。

俺を包む腕は、小さな子供を守るように優しい。

でもオーガスはそれが許せなかったみたいだ。

「トージュ、お前こそリッカを放せ。抱え込むな、俺のだぞ」

「何言ってるんです。子供に酒を飲ませた上に午後の会議をさぼって自分も酒を飲むなんて。エルネスト殿下が困ってましたよ。さっさと議場へ向かってください」

「リッカの提案に乗っただけだ。暫くエルネストに実務を回して、大臣達にも頭を使わせようってな。お前の方こそエリューンをどうした？」

「エルネスト殿下とご一緒に会議に出席しています。私は殿下に呼ばれてあなたを迎えに来たんです」

「俺は行かない。愛人と過ごすことにしたから暫くエルネストを働かせる。来るべき時にあいつが困らないように。俺に文句を言うくらいなら、大臣達に議案書の書き方でも教えとけ」

二人の会話を聞きながら、俺は自分でトージュから離れて、涙目をごまかすためにもう一杯作ってグラスを傾けた。

色んなことが少しだけわかった気がして。


『全てを失うということの意味は知っています。だからあなたを守ってあげたい』

エリューンは言った。

『辛い時に優しくされると頼ってしまう。それが裏切られるともっと辛くなる。だから私はあなたを裏切りたくありません』

そうも言った。

一人で立てないことに気づいてもらって手を差し伸べられたら嬉しい。この手を支えに立とうと思える。

でも立った途端に『もう立てるね』と言われて手を離されたら、また転んでしまう。そして一度立ったところを見た人は、もう振り向かない。

手を差し伸べてもらった優しさを教えながら背を向けられてしまったら、もう自分で立ち上がる気力も失せてしまう。

それぐらいなら、どんなに苦しくても最初から一人で立ち上がる努力をした方がいい。

どんなことがあったのかはわからないけれど、エリューンはそういう気持ちを味わったことがあるのだろう。

俺と同じように全てを失い、立ち上がろうとした時に優しくされて、縋って、立ち上がった途端に手を離された。

それを裏切りと感じたのかもしれない。

だから彼は俺に手を差し出さなかった。

俺が一人で立ち上がるのを見守るだけだった。

オーガスは過保護だ。

エリューンから、俺が遠いところから見知らぬ土地に来たと聞いて手を差し伸べようとしてくれたのだ。

自分の胸で泣いていいと優しくしてくれた。

彼は強い人だから、わかってないのだ。弱った人間が一度誰かに頼ってしまったら、離れられなくなることを。その人がいなくなったら、もっと酷い喪失感を味わうことを。

オーガスが優しいのはその性格か、俺が愛人の役をやってるからで、スタンピードの討伐が終わったら俺は彼の隣にはいられなくなる。

だって、本当に愛されているわけではないのだもの。

頼って、甘やかされて、彼の胸で泣けると思い込んでしまったら、離れた時に俺はまた一人になってしまう。彼はその時に、自分のところに戻ってきて、と言える相手ではないのに。

だからごまかした。隠した。

再び顔を見せるようになったエリューンは何か気づいたようだったけれど、やっぱり何も言わなかった。

「オーガスに飽きたら、二人でまたあの森へ戻りましょう」

とだけ言われた。

「そうだね」

だから俺もそれだけ答えた。

俺達は笑う。仲睦まじい兄弟のように。一人で立たなきゃいけないってわかってるから、差し出される手を拒むために。

彼もまた、何かを諦めてる。自分の手の中に残るものはないと思ってるのだろう。

オーガスは、俺が泣いてすっきりしたと言ったからか、もう泣かせようとはしなかった。

蜜月中ということにすると言ったからか、ただ、ただ、甘かった。

朝は額にキスして起こしてくれて、ベッドで一緒に運ばれてきたお茶を飲む。

食事は二人きりの時もあれば四人の時も、三人の時もあるけれど、俺が一人で食事することはない。

食べたいものはないかとリクエストを訊いてくれたり、俺が新しく何か作ると大仰に喜んで完食してくれる。

お芝居のこともあるだろうけど、彼はきっと俺を『可哀想』だと思ってしまったんだろう。だから世話を焼こうとしている。

日中もずっと一緒にいて、部屋で会話を楽しんだり、庭を散歩したり、訓練場へ行ったり。人前でベタベタして笑い合って、抱き寄せられて、頬にキスされて。

大きな手に触れられて嬉しくても、広い胸に抱かれて安堵しても、もう心は揺らがない。

繋いではいけない手は取らないと決めたから。

この人とは、いつか離れる覚悟をしておいた方がいい。『いつまでもずっと一緒』にはいられないのだもの。

「リッカは魅力的だ」

「本当？　嬉しい。オーガスもとってもカッコイイよ」

「お前がいればいい。他の者は目に入らない。お前を喜ばせたいんだ」

「俺も。ただ一緒にいられればいい」

人に聞かせるための甘い言葉。甘くて、空しい言葉。

お芝居だから。

オーガスが外せない用事で俺から離れると、厭味を言ってくる人もいた。

「エリューン殿のお身内とのことですが、魔力もないし特技もないのでしょう？　身の程を弁えた方がよろしいのでは？」

「陛下を惑わすのもいい加減にしたらどうです？」

「お子を望めないのですから、離宮でも賜って引っ込んだらいかが？」

「どうせ陛下の興味は長くは続かないぞ」

そうかと思うと俺に取り入ろうとする人もいた。

「あなたのことはお守りします。ですから私の娘を側妃に推薦していただけませんか？」

「私はあなたの味方です。陛下との謁見の場を設えていただけませんか？」

でも、どんな言葉を向けられても、俺は笑っていた。

「俺にはよくわからないです。田舎育ちだから。全てを決めるのは陛下で、俺に決められることは何もありません」

本当のことだもの。

俺に決められることなど何一つない。

俺ができることは、エリューンの代わりに芝居を引き受けること。皆を救うためにオーガスを自由にする手助けをすること。

芝居を続けることが役に立つことだと思うから頑張る。

役に立てば、俺が一人残ってこの世界にいる理由になる。今までの辛かったことも、これを成し遂げるための布石だったと思うことができる。

役に立つ間は置いていかれることはない。

だから偽りも口にする。

「オーガスが好き」

優しい人達のために。

「俺もだ」

「ずっと側にいてね」

叶わない願いも。

「当たり前だ」

果たされない約束にも、俺は笑っていられる。

「嬉しい」

心のどこかが固まっているのだとしても。

俺は笑っていた。それが役目だから。


その日も、俺はオーガスの大きな手に頬を撫でられて目を覚ました。

「おはよう」

眠い目を擦って身体を起こすと、いつもと違うことに気づいた。

いつもなら、彼も寝間着にガウンを纏った姿で、メイドが俺達の姿を確認するまで甘い雰囲気を醸(かも)し出しているのだが、今日の彼は既に黒い騎士服に着替えていた。

「オーガス……？」

「出撃する」

空気が、ピリッと引き締まった気がした。

「エリューンの結界に綻(ほころ)びが出た。警備を任せていた兵が魔獣に襲われ、焦って魔法を結界に当てた。その弱くなったところに何頭かが体当たりをして結界が崩れた」

「魔獣、人の村を襲ったの？」

「未だ攻防中らしいが、結界が完全に消えてしまえばそうなるだろう。結界の張り直しのためにエリューンも連れて行く。俺もトージュも出る」

「うん」

「クルトスにお前のことを頼んでいくが、お前を守る者はいなくなる」

「大丈夫」

また、俺は笑った。

彼に負担をかけないように。

「笑うな」

「え？」

「俺のいない間は笑わなくていい。……俺がいなくて寂しいだろうからな。悲しそうな顔でもしていろ」

「オーガスが言うなら」

「そうだ。命令だ」

「わかった」

俺はベッドを下りてすぐに着替えた。

「見送るよ」

彼と共に部屋を出ると、城中の空気が張り詰めているのを感じる。

すれ違う人は少なく、皆が同じ方向に足早に向かっている。目指すのは正面玄関だ。

城の前には、既に兵士も騎士も並んでいた。

「兄上」

エルネストが不安げな顔で近づいてくる。けれどオーガスはさっき見せた緊張が嘘のように笑っていた。

「何だ、俺のいない間に仕事をするのがそんなに嫌か？　ほんの少しの間なのに」

「そういうことではありません。心配してるんです」

「何が心配だ？　俺が出るというのに。オマケにこの国一番の魔法使いと俺に拮抗（きっこう）する魔剣士、更には一個大隊の兵士に魔法使いに特別隊の半数を連れて出るんだぞ？」

「兄上は王なのです。指揮はトージュに任せては？」

「こんなに面白いことを他人に譲れるか。今回はまだ赤目が出たわけじゃない。来るべき時の実地訓練みたいなものだ。訓練なら、王が出たっていいだろう」

「しかし……！」

「それに、リッカを置いていく。愛しい者の居る場所には必ず帰ると決めている」

オーガスは俺を抱き寄せて、頬にキスした。

もう噂は完全に広まっているのだろう、それに困惑を見せる者はいても、驚きを示す者はいなかった。

「帰ってきてね、絶対に」

俺は彼の服を掴んで懇願した。

「俺を一人にしないで」

彼は強いとわかっているのに、つい本音が出てしまう。

「可愛いことを。約束しよう、絶対に戻ってくる」

俺はエリューンにも目を向けた。

「エリューンもだよ」

「私は陛下を捨ててでも戻ってきますよ」

「それは不敬だろう」

「あなたは私の手助けがなくても戻れるでしょう?」

オーガスが文句を言うと、エリューンがしれっとした顔で流す。その後ろで、トージュが呟くように宣言した。

「私が、二人を連れて戻ります」

「トージュ、深刻な顔をするな。パッと行って、パッと魔獣を倒して結界を直して戻ればいいだけだ。エルネスト、リッカを頼んだぞ」

「……わかりましたよ。どうぞご無事で」

用意された馬に乗る前に、オーガスは俺を抱き締め、そっと囁いた。

「一人にはしない。死にそうになったら、意地でも戻ってお前も連れて行こう」

……え？

その言葉の真意を訊く前に、彼は馬に乗り込んだ。

「全軍！　前進！」

王の命令で機械仕掛けの人形のように規律正しく並んでいた人々が動き出す。

エリューンは馬車に、トージュも馬に乗る。

俺に背を向けて行ってしまう。

……これは、俺が選ばなくても決まったことだよね？　選択はしてないよね？

「リッカ」

「あ、はい！」

背後からエルネストに名前を呼ばれて慌てて振り返る。

「少し話をしよう。付いてきなさい」

「……はい、殿下」

見送りに出ていた人々の視線を受けながら、俺はエルネストに付いて城の中へ戻った。

居住区に向かう見慣れた廊下。けれど一つ角を曲がると見知らぬ場所となる。

ここは俺が立ち入ったことのない場所だ。ひょっとしてエルネストの私室に向かうのだろうかと思ったが、そうではなかった。

案内された部屋には書類が山積みになった大きなデスクがあり、脇にある空席のデスクより小ぶりなデスクの前には人が座っている。きっと彼の執務室なのだろう。

部屋にいた人間を退室させ、二人きりになってから彼は応接用の椅子に座るように促した。

向かい合うと、エルネストはすぐに口を開いた。

「率直に言おう。兄上が不在の間に出て行く気はないか？」

ああ、やっぱりそういう話か。

「ありません。待つと約束したので」

「兄上を愛しているならば、彼の地位が揺らぐようなことをしない方がいいのでは？」

「俺ごときでは揺らがないでしょう」

「君に子が成せぬ以上、女性を王妃を迎えなければならない」

「彼がそれを望むなら、それに従います」

「兄上が女性を抱くことを許す、というのか？」

彼は意外だという顔をした。

「彼が女性を求めたら、身を引きます。俺は、オーガスの望みを叶えるだけです」

エルネストは大きなため息をつくと、背もたれに身を預けた。

「私が兄と他の女性の婚約を進めると言ったらどうする？」

「それはエルネスト殿下の自由です。俺が口を出すことではありません」

「あっさりとしているな」

「そうなんでしょうか？　俺は……、求められている間はオーガスの側にいます。そう約束したので。でも求められなくなったら、彼の側にいられる身分ではないので退くだけです」

「エリューンの弟というのは嘘だろう？」

「エリューンが俺を弟と言うなら本当です」

「君は他人の言うことを聞いてばかりだな」

呆れたように言われて苦笑する。

「俺はここでは異分子だという自覚はあります。だから殿下は不快に思われるでしょう。きっと大部分の人が。だから自分では何も決めません。俺は……、今までよく選択を間違えていました。なので、大事なことは自分が信じる人の言葉に従いたいんです」

「信じる人、か。愛する人ではなく？」

「愛しているから信じているんです」

それは恋愛ではないかもしれないけれど。

「君は私を信じるか？」

「はい。オーガスが信じている弟さんですから」

「では、兄上が戻ってくるまで部屋から出るな。悪意から君を完全に守る余裕がない」

「わかりました、そうします。よろしければ、殿下の命令で人にも会わないで済むようにしてください」

「有力な味方を作ろうとは思わない？」

「権力に興味がないのに、どうして味方が必要なんでしょう。俺はただ、オーガスとエリューンの役に立てればそれだけでいい。ああ、トージュもかな？」

「無欲だな」

「そうでもないです。ずっと、望んでることはあるので」

「それは何だ？」

「……誰も、俺より先に死なないで欲しい」

もう見送るのは嫌だ。自分の選択が間違っていたから逝かせてしまった。誰も失いたくなかったのに。

「部屋に戻っていい。クルトスを呼ぼう。部屋から出る時は彼と行動するように」

「部屋は出ません。今、あなたとそう約束したから」

俺の答えに、彼は僅かに顔を顰めた。

その顔は、やはりどこかオーガスに似ていた……。


約束は守る。

オーガスが言ったからとはいえ、俺をここに置いてくれているエルネストも優しい人だ。だから彼に迷惑をかけたくはない。

部屋といっても俺がいるのはオーガスの私室で、広い上に三間続きなので閉塞感はないし、頼めばクルトスさんが本を持ってきてくれるし。訓練場へ行かなくても、部屋で身体を動かすこともできた。

ただ、話す相手がいないと気が紛れない。

考えてみると、『あの夜』からこんなに長い間一人でいるのは初めてだった。

一人でいると、思い出したくないことを思い出してしまいそうになって、他のことを考える努力をした。

今頃オーガスは戦っているのだろうか？　エリューンもトージュも戦ってるんだろうか？　三人とも無事だといいな。

魔獣は強いのだろうか？

あそこに整列していた兵士達も、無事に帰ってこられるのだろうか。

それにトージュの言葉の端々に気になるものがある。

気になるといえばオーガスの最後の言葉も。あれはどういうつもりだったんだろう。連れて行くって、どこへ？

まさか一緒に逝こうという意味？

死ぬなら一人は怖い。けれど、彼には死んで欲しくない。自分だって、死にたいわけじゃない。死を想うのは残されたくないからだ。

できることなら、みんなと一緒に楽しく生きていたい、ずっと。

オーガスが……、とても好きだもの。あのエネルギッシュな生命力に溢れた人の終わりなんて見たくない。

彼のことを思うと、胸がきゅっと苦しくなって、慌ててまた他のことを考えた。

俺が無欲だと言ったエルネストの言葉。

欲がないなんてことはないのに。

俺はずっと欲を持ってる。したいことがある。それが叶えられなくて、ずっと持ち続けている間にどんどん大きく膨らんでいる。

でも、物欲じゃないと、欲と思われないんだろうな。

役に立ったねって言われたいなんて、役に立ってる人にはわからないだろう。

でも……。

時々自分でもよくわからなくなる。

今、自分は少しは役に立ってると思う。

エリューンと森にいた時も、彼の世話を焼くことができた。料理下手な彼に美味しいものを作ってあげられたし、異世界の物を教えてあげることもできた。

オーガスの愛人役を引き受けて、上手くやってると思う。弟のエルネストも俺達のことを疑ってないみたいだし、オーガスは出陣できた。

でも、満足感がない。

心にぽっかりと穴が開いてるような気分だ。

どうすれば、その穴が埋まるのか、わからない。役に立てば埋まると思ってたのに。

もっともっと役に立たないといけないんだろうか？

凄いね、ありがとうって言われたいんだろうか？

違う気がする。褒められたいとは思ってない。称賛されたいわけでもない。正しい選択をしたはずなのに、どうして自分は一人なんだろう……。

「俺はどうしたいんだろう？」

声に出して呟いてみても、答えは思いつかなかった。

何も考えたくない。

何も思い出したくない。

上手く笑えない。

でも涙も出ない。

一人でいると、胸の奥の穴が広がってどんどん自分が空っぽになっていく気がする。感情は悲しみにしか繋がっていないから、空っぽでいいのだけれど……。

正しい選択に意味がない気がしてくる。そんなはずはないのに。正しければ、失わないはずなのに。

空っぽだから？　まともな思考ができないのかな？

俺は何がしたいんだろう。

俺は何を求めているんだろう。

だんだんと、自分が透明になってゆく気がする。

そして日々だけが淡々と過ぎていった。


「オーガス！」

彼等が出立してから八日目の夕方、オーガス達は戻ってきた。

みんなくたびれて泥だらけだったけれど、オーガスは意気揚々と馬から飛び降りた。

「リッカ！」

手を広げて迎えてくれた彼に、俺は泣きながら飛びついた。

「お帰り！」

「何だ嬉し泣きか？　可愛いな」

大きな腕ががっしりと俺を捕らえる。

「だがこっから先は部屋に戻ってからだ」

「報告書はどうなさるんです」

トージュがバリッと音がしそうな勢いで俺をオーガスから引き離した。

ああ、トージュも無事だ。

「お帰り、トージュ」

嬉しくて、トージュにも抱き着いた。

「ナ……、リッカは子供ですね。抱き着くならあちらでしょう」

トージュは俺を抱き返しはせず、すいっと馬車から降りてきたエリューンの方へと背中を押した。

「エリューン！」

即座に彼に駆け寄って抱き着く。

「エリューンは汚れてないね」

「今回は結界の張り直しだけで、戦闘はしませんでしたから」

「そっか、よかった。オーガス、仕事してきていいよ。俺、エリューンと一緒に行く」

「おいおい。無事だとわかったら後回しか？　トージュ、お前がエリューンを送れ。リッカはこっちだ」

「私は一人で平気です。私こそ、結界の報告書を書かなければなりませんから、オーガスと行ってください」

「でも……」

エリューンはそっと俺の頭を撫でた。

「聡い子ですね。でも大丈夫」

彼の指が微かに震えていることに気づいた俺を、彼もまた気づいていた。魔力枯渇は色んな意味で危険だと聞いていたから心配だった。

一人にしたくない。

誰も気づいていないのなら口に出してはいけないけれど、誰か信頼できる人に付き添ってもらいたい。

「ではお先に失礼いたします」

エリューンは纏っていたマントに震える手を隠し、笑みを浮かべたまま迎えに出たエルネストに会釈して立ち去ってしまった。

「私が行くから心配しなくていいですよ」

すれ違いざまに小声で囁いて、トージュが後を追ってくれた。『心配しなくていい』と言ったということは、彼も気づいているんだろうか？

「リッカ」

背後からオーガスが俺の肩を抱く。

「行くぞ」

「報告書は？　書かなくていいの？」

「そんなもの、王様が書くわけないだろう。あれは報告書を読めって意味だ。だがそれはエルネストがする。俺は疲れたからお前にたっぷり癒してもらう。朝は呼ぶまで誰も寄越すなよ」

ずしりと重たい腕が強引に俺をその場から連れ去った。

足早で廊下を進み、私室へ向かう。

その間、肩の手はそのままだったけれど、彼は一言も口を開かなかった。

機嫌が悪いのかな？　遠征の結果が悪かったのかな？

「……疲れた？」

心配になって訊くと、彼は笑った。

「そりゃ走り回ったから少しはな。今夜は温かいベッドでゆっくり寝たい」

「ご飯は？」

「ああ、きっと後で運んでくるだろうな……」

面倒そうに言う彼の声に疲労を感じる。

「お風呂入ってることにして、俺が受け取ろうか？」

「風呂に入ったら湯船で寝そうだ」

「オーガスはベッドに入っていいよ。適当に言うから」

「そうだな。お前は芝居が上手い」

褒めた言葉なのに、皮肉られた気がした。

部屋の扉の前にはクルトスさんが立っていて、オーガスは彼に簡単に食べられるものがいいと食事を頼んで部屋に入り、そのまま寝室へ直行した。

着ていた服をバサバサと目の前で脱いでゆき、下着も脱ぎ捨てて全裸になるとそのままベッドへ潜り込んだ。

「メシは起きたら食う。風呂もだ。起きるまで起こすな」

「わかった。おやすみ」

「ん」

こんなに疲れていたのに、皆の前では笑ってたんだな。

「自分の方がよっぽど芝居が上手いじゃないか」

泥のついた服をかき集めて居室の方へ向かい、クルトスさんとメイド達が料理を運んできたところで彼に渡した。

「陛下は？」

「お風呂」

「そうですか、それはよかった」

「よかった？」

「湯浴みを楽しめるなら、あまり魔力をお使いにならなかったのでしょう」

「オーガスも魔力を使うの？」

「魔剣士ですから。お料理も頼まれたので安心です。では、失礼いたします」

そうか、魔剣士は魔力を剣に乗せると言ってたっけ。それを理解すると、急に心配になってきた。

オーガスにも、魔力枯渇って起きるんだろうか？

いつもは見せない酷く疲れた顔と態度。

不安を覚えて、皆が出て行くとすぐに寝室へ向かった。

「オーガス？」

起こすなと言われたけれど、そっと声を掛けてみる。いつもなら、名前を呼ぶと寝ていても気づいてくれる人なのだが、今は微動だにしなかった。

ベッドに近づいて、頭まで被っていた布団をそっと剥がす。

現れた顔は土気色で、額には汗が滲んで前髪が張り付いていた。しかも、これでもまだ彼は目を覚まさない。

……どうしよう。これって不味い状況なの？　それとも寝てれば治るものなの？

もっと魔力枯渇やオーガスの体力や魔力について訊いておけばよかった。上辺だけの知識では、判断ができない。

ここまで隠していたのだから、エリューンと一緒で人を呼ぶことはできない。エリューンにはトージュが向かってくれたけど、ということはトージュの助けは呼べないということだ。

心臓がドキドキする。

背中に嫌な汗が流れて手が震えた。

俺は選択を間違えてはいけない。

ここで選択を間違えれば、オーガスが再び出撃することは止められてしまうかもしれない。

そうなったらこのお芝居は無意味になる。

かといって別の間違いを起こしたら、彼は死んでしまうかもしれない。

『死』、その恐怖が足元から這い上がってくる。

兄さんを、両親を、じいちゃんとばあちゃんを、村の人を俺から奪ったものが、また目の前の人を奪おうとしている。

選択を間違えたから、両親達は事故に遭ってしまった。

選択を間違えたから、祖父母は役立たずな子供を抱えて苦労した。

選択を間違えたから、俺は一人遺されてしまった。

選択を間違えなければ失わなかったはずなのに。

「だ……、大丈夫だ。この世界に来てから、俺はまだ間違えてない」

エリューンの役に立った、オーガスの役にも立っている。

考えろ、考えるんだ。人に知られないように彼の状態を確かめて、回復させればいい。でもどうやって?

『魔力は人の身体の中の液体に宿っていると言われています』

『血液、唾液などの体液です。供給者はそれを魔法使いに与えるのです』

エリューンの言葉が頭に浮かぶ。

そうだ、俺には桁違いの魔力があるって言ってた。俺は魔力の供給者になれる。

性行為は無理だけど、血や唾液なら渡すことができるかもしれない。

でもどれだけ与えればいいんだろう? ああ、そういうことも聞いておけばよかった。コップ一杯くらい? だとしたら血は無理だ。そんな傷を作ったら心配されるし、身体を調べられるかもしれないもの。

となると方法は一つだけだ。

俺は再び近づいて、彼の耳元でもう一度名前を呼んだ。これで目を開けたら、どうしたらいいか本人に訊こう。

「オーガス」

けれど、やはりピクリともしない。

反応しないほどの深い眠りに落ちているのだ。本当に眠らせているだけでいいの？　このまま目を開けなかったら？　俺はここにいるのに。側にいるのに何もしないままでいいの？

焦りが募り、俺は意を決してエリューンからもらった魔力封じの腕輪を外した。

オーガスの口元に手を伸ばして唇をこじ開ける。抵抗はなくぽっかりと開けた彼の唇に自分の唇を押し当て、自分も口を開けて舌を差し入れた。

唾液でも、効果はあるよね？

反応のない彼の舌に舌を合わせる。口を閉じずにじっとそのままでいると、突然肩を掴まれて引き離され、組み敷かれた。

「何を余計なことをっ！」

怒声と憤怒（ふんぬ）に燃えた怖い顔に睨まれ、身が竦（すく）む。

「……リッカ？」

「ご……ごめんなさい……」

反射的に謝罪すると、押さえ込まれていた手が少しだけ緩んだ。

「お前……」

失敗したんだ。俺は選択肢を間違えたんだ。

『選択肢を間違えたら失う』

頭の中に声がする。

「お前はやはりエリューンの供給者なのか？　いつもあいつにこんなことを？　いや、魔術の塔の連中は何故気づいてない？」

「違う……。こんなこと初めてで……、ごめんなさい……」

怯えて涙ぐむと、彼は俺の肩を捕らえたまま抱き込むようにして横になった。

「話せ」

短い命令。でも何を話したらいいかわからなくて戸惑っていると、また厳しい目が向けられる。

「どうした、俺には言えないのか？」

「な……にを話したらいいのか……、わからなくて……」

視線は緩まないまま、諦めたようなため息。失望された、間違えたんだ。

「では俺が訊くから答えろ。お前は魔力があるんだな？」

「……はい」

「エリューンは知ってるのか？」

答えていいのかどうか迷って間が空くと、捕らえていた手にまた力が籠もり肩が痛む。

答えないと。間違えたならやり直さないと。まだやり直せるはずだもの。でないと、また俺は全てを失ってしまう。

「隠すようにって……、魔力封じの腕輪を……」

答えると、彼が俺の手を取って腕輪がないことを確かめた。

「それでエリューンの紋が刻まれていたのか。所有印ではなく。今までエリューンに魔力を提供したことは？」

「ないです。してもいいって言ったけど、いらないって……」

「これが初めてか？」

「はい」

質問に答えれば、許される？　間違いを修正できる？

それなら、何でも答えるよ。

「何故エリューンにもしないことを俺にした」

「だって……、名前を呼んでも反応がなくて……、オーガスが死んじゃうかと思ったから……。

俺が間違えたらまた人が死んじゃう。俺が選択を誤ったから……」

だろう。

エリューンとも引き離されるだろう。

「今までどんな選択をした」

思い出したくないことでも、言わないと。

だって、ここを追い出されたら一人になってしまう。エリューンとも引き離されるだろう。

だって王の不興だもの。

「両親と兄が出掛ける時に何も言わなかった。あの時俺が我が儘を言って行くのが遅くなれば、事故は起きなかったかもしれない。いい子でいるのが正しいと思って我慢したら失敗した」

一人になりたくない。

「……両親を失って、施設に入るかと聞かれた時に息子夫婦と孫を亡くした祖父母を支えたくてじいちゃん達のところへ行ったけれど、役にも立たない子供の俺は何もできずに金を使わせるばかりだった。大人になるまで施設に行くべきだった。やっと大人になって恩返しができると思ったのに、嵐の夜にみんなを置いて逃げ遅れた人を呼びに行った。それが正しいと思ったんだ。でも、俺がすべきことは逃げた人達に危険が及ばないか周囲を確かめることだったんだ。呼びに行った俺を待たずに移動してって言うべきだった。俺が間違えたから、みんな……みんないなくなった……。でなければ、あんなにいい人達がいなくなるわけがない。理由なく俺が遺されるわけがない。間違えたから、俺は一人なんだ……」

言葉にすると、記憶が蘇る。

頭の中いっぱいに『過去』が浮かぶ。

失敗の負い目と孤独の恐怖。

みんなが死んだのは、俺が選択を誤ったからなんだ。間違えなければ、失わなかったはずなんだ。

「だから間違えないように……、『次は起こらない』はずなんだ。オーガスが死なないように助ける方法を選択しなきゃならないと。でも……、間違いだった？ 魔力を与えればいいと思ったのに余計なことだった？ 俺はここを追い出される？ オーガスやエリューンやトージュとも引き離される？」

その未来を想像して、声が震える。

「リッカ」

名前を呼ばれてビクリと身体が固まった。

「ごめんなさい……、役に立つから、言われた通りにするから、愛人の役もちゃんとやる。キスだってしてもいい。だから追い出さないで……」

俺は彼の裸の胸に縋り付いて懇願した。

「誰が追い出すと言った」

不機嫌な声。

「……え？」

額から後ろへ、髪を撫でるように手が動く。でも力が強過ぎて、引っ張られるように顔を上げさせられる。

さっきの肩を掴んだ力といい、疲れて加減ができないのだろうか？

視線が合うと、彼は目を細めた。

「余計なことと言ったのは、お前以外の者だと思ったからだ。これでもロマンチストでな、キスは愛のある相手としたい。魔力供給でジジイとするのはまっぴらだ」

「怒って……ない？」

「怒ってないし、追い出さない。お前の初めてがもらえて嬉しいくらいだ。ファーストキスだろう？」

「うん……」

ハッキリとした言葉をもらってほっとして、意図せず涙が零れる。

「泣いたな」

その涙を彼の指が掬(すく)い取った。

「もっと泣け」

「泣かないよ」

「泣け」

「オーガスってそういう趣味？」

「笑うな」

和ませようと笑みを浮かべた途端、叱られた。

「お前は笑ってごまかすクセでもついてるのか？　泣きたい時は泣け。お前にはそれが許される。それとも、泣けないのは自分が悪いと思うからか？　だとしたらそれは誤解だ」

オーガスは胸を上下させて深い呼吸を二度した。

「最初に家族を失ったのは子供の頃か？　だから、喪失に理由がつけたかったんだろう。『あんなにいい人達がいなくなるわけがない。理由なく俺が遺されるわけがない』と思わなければ不幸を受け入れられなかったんだろう。だがそれを自分のせいだとしたのは間違いだ」

「違う、本当に俺が……！」

「リッカ。腹立たしいことだが、人は死ぬ。必ず死ぬ。それは俺もお前も逃れられないことだ。『死』に原因はあっても理由はない。誰の責任でもない。あるとすれば『生き物は死ぬ運命だから』だ」

「そんなことない、俺が間違えなければみんな死ななかった。俺は一人にならなかった」

「事故は起きなくても、病気で死んだかもしれない。災害は起きなくても、老衰（ろうすい）で死んだかもしれない。死はそこらに転がってる。お前の手に負えない理由で死ぬ者にも、お前は自分のせいだと言うのか？　神でもないのに」

「だって……」

「初めて会った時、エリューンがお前の『役に立ちたい』は呪いだと言っていたが、その通りだな。お前は不幸に意味があると思いたい。役に立てば不幸は避けられると自分で自分に呪いをかけてるようなもんだ。だが不幸は意味なく訪れる。正しく生きても、役に立っても」

「そんな……」

「受け入れられなければ、原因になりそうなものを先回りして一つずつ潰すしかない」

「どうやって……？」

「お前の世界のことはわからないから、俺にわかることで言うなら、人は魔獣に殺される。そうしないためには逃げるか戦うかだ。だが逃げても解決にはならないから、討伐するってことだ。それでも、全てを守ることはできない。市民は守れても兵士は死ぬだろう」

ふっと言葉を切って、俺を見つめていた目が遠くを見る。

「今回は全員を連れて帰れた。だが次はそうはいかないかもしれない。討伐という選択は間違っていないと信じるが、不幸を一掃することはできない」

そうか……。

この人は俺より遥かに多くの死を見てきたんだ。戦闘狂ではない彼が討伐という戦場へ出て行く度に、部下を、家臣を、守り切れなかった無辜の民の死を目の当たりにしてきたんだ。

「……泣きたかった？」

「俺は王だから泣かない。泣き方も忘れた。俺が感じるのは怒りだ」

「怒り？」

「死や不幸の理不尽さに腹が立つ。俺がどんなに強くなっても、兵士や騎士を十分に訓練させても、魔法使いを増員しても、誰も死なせずに済むことは少ない。これ以上何を望むのかと怒りが湧く」

話す声には真実、怒りを感じた。

失うものを抱いて、彼が天に向かって怒鳴りつけるのが目に見えるようだ。

彼なら、きっとそうしただろう。

「リッカは頑張った。いい子だった、優しかった、愛されていた。だから、理不尽さに怒ってもいいし、悲しみに泣いてもいい。奪われたことを悔しいと思って、何度でも立ち向かうのもいい。お前が命じた結果ではないなら、自分のせいだと思わなくていい。自分が生きていることに罪悪感など抱かず、誇ればいい。これからも、生き抜いてみせればいい」

泣いていい……？

俺のせいじゃなかったと言っていい？

辛いと、悔しいと言っていいの？

優しい抱擁（ほうよう）と背を撫でる手。

額に受ける唇、頬を寄せる熱い胸。

それらが俺に『泣け』と促す。

「お前には、嘆く権利がある」

ポンポンと背を叩かれ、それがスイッチであったかのように涙が零れる。

「ど……して……、俺の大切な家族がいなくなったの。ちゃんと頑張ったのに、なんで村の人はいなくなったの」

「うん」

「悪いことなんか何もしなかった。いつも誰かのために頑張ってたのに、どうして……、どうして俺は一人なの……！」

ポロポロと、涙が溢れて彼の胸に落ちる。

悲しくて、寂しくて、どこかにこの不幸の理由を見つけなければ耐えられなかった。優しい人達が意味なく消えてしまうことが受け入れられなかった。

きっと俺が悪いんだ。

俺がこんなに辛いのを、いなくなってしまった人達のせいにしたくなかった。でも誰かのせいにしなければ認められなかった。だから『俺が悪かったからだ』と答えを出した。

俺が間違えたからこうなった。他の誰のせいでもない、と。

次に頑張れば、次に間違えなければ、きっと失わずに済む。そう奮い立たせなければ立ち上がれなかった。

何度も、何度も、不幸が訪れる度に、後悔が襲う度に、『自分が足りなかった』『自分が悪かった』、だから自分が役に立てば、間違えなければいい結果が訪れると信じることしかできなかった。

けれどオーガスは、不幸は理不尽なものだと言う。

誰のせいでも、俺のせいでもないと言う。

だったら、俺は泣いてもいい？　酷いよって、恨む言葉を口にしてもいい？　悲しくて、寂しいよと縋ってもいい？

訪れる不幸に、どう対処したらいいかわからなくて空っぽになった心を、涙で、叫びで、怒りで満たしてもいい？

「一人に……なりたくなかった……！　誰も失いたくなかったんだ……。なのにみんなは俺を置いていく」

声を上げて、俺は子供のように泣き喚いた。

その間ずっと、オーガスは俺の背中を撫でて、俺の恨み言を頷いて聞き入れてくれた。

言ってはいけないはずの言葉が肯定されて、心が軽くなってゆく。

そうだ、両親達の葬儀で誰かが言った言葉が、俺にこの考えを植え付けたんだ。

『この子一人が生き残るなんて』

今ならわかる。あれは幼い子供を哀れんでの言葉だったのだろう。でもあの時、俺は『一人だけ生き残るなんてこの子に原因があったのでは？』と咎められた気がしたのだ。

ものごとには全て理由がある『はず』。俺が置いていかれる理由は大好きな人達にはない『はず』。だとしたら俺が悪いからだと言われたのだと。

それは子供にとって、まさしく呪いだったのだろう。

あの時、自分は叫びたかった。

『みんな酷いよ、俺を置いてっちゃうなんて』と。でもその言葉は彼等を貶(おとし)める言葉だと思ったから言えなかった。

でも相手が『不幸』なら言える。俺を苦しめる『不幸』は酷い、何で俺のところに訪れたんだ、優しい人達を消し去ったんだ。お前は酷い、と。

喉が痛くなるほど泣き続け、ようやく落ち着いてきた頃にはオーガスの手も止まった。

「一人になりたくない……、役に立って必要とされたい……」

鼻を啜りながら呟くと、静かな声が返ってくる。

「俺がいるだろう。役に立たなくても、お前は必要だ」

「何の恩返しもできなくても？」

「リッカが俺の腕の中にいることが恩返しだ」

「愛人の芝居が終わったら、サヨナラなのに？」

終わりの見えている関係にハマるのは怖い。

「それならずっと愛人でいればいい。時々俺の代わりに泣いて、俺を喜ばせるために笑って、メシでも作ってくれればいい。きっとお前の家族もそう思っていたはずだ。役に立たなくても、生きてくれればいいと。愛するというのはそういうことだ。愛されていたと思うなら、自分の思う通りに生き続けろ。誰かのためでなく」

「オーガスやエリューンのために生きちゃダメ？」

「俺のために生きるなら、魔力供給でないキスをさせろ。お前の全てを俺に寄越せ」

「……真面目に訊いたのに」

「真面目に答えてるぞ。初めて会った時から可愛いと思ってた。無欲で、健気で、頭もよくて肝も据わってる。何より、その空っぽなところを何とかしてやりたいと庇護欲をそそった。拗ねず、捻ず、恨まず、笑おうと努力する姿が新鮮で切ない」

「弟属性？」

「お前にその気がないなら、そういうことにしておこう。俺は俺が口にした望みが叶うのは好きじゃないからな」

「俺に命令は効かないよ？」

閉じかけていた彼の目が、片方だけ薄く開く。

「リッカは察しもいいな。そうだ、俺の言葉は全て命令になる。だから『望み』は口にしない。軽口は叩くがな」

権力という力で従わせることができるのに、しないと決断したんだね。

「優しい人だね」

「どこがだ。リッカは何度も辛い目に遭っただろうが、そいつは一瞬だったろう？　楽しい時間も沢山あったはずだ。両親は優しかったか？」

「うん」

「兄貴はどんなヤツだった？」

「真面目で無口。でも優しかった」

「じいさん達は？」

「じいちゃんは凄く強くて、ばあちゃんは可愛い人だった」

頭の中に浮かぶのは、彼等の最期ではなく笑った顔だった。

オーガスが優しく訊いてくれるからだろうか？

「村の連中は？」

「頑固な人も多かったけど、可愛がってくれた。昔話をすると長くなるし、自分のとこの野菜自慢は激しいけど、よくお菓子をくれた」

「そうか。じゃ今夜はその楽しかった時間を思い出して眠れ。……もっともっとお前と話をしたいが、もうそろそろ限界だ。俺は寝る。これは疲労だから魔力供給はするな。ただのキスは歓迎する」

布団を持ち上げて、彼が俺を中へ引っ張り込んだ。

今までは布団の上で横になってたから気にしなかったが、捲られて彼が全裸だったことを思い出した。

全裸の男の人と寝るのはちょっと……、と抵抗を感じたが、オーガスはそれだけ言うとすぐに眠りに落ちてしまった。

俺の魔力供給が効いたのか、寝息は規則正しく、顔色も悪くない。

楽しかった時間……。笑って過ごした時間は確かにあった。

「そうだね。辛いことを思い出したくないからって、それまで忘れちゃダメだね」

俺は、オーガスが完全に寝ているのを確かめてから、彼にそっとキスした。

救命措置ではなく、本当のファーストキスだ。

慰めてくれたお礼がしたくて、でも他に何もあげられるものがなかったから。

オーガスの優しさが心に沁みて、この人が好きだなぁと思ったから……。


小学生の頃の夏休み、カブトムシが欲しくて兄さんとじいちゃんと山に入った。

全然捕まらなくて泣いてると、じいちゃんに男は泣くなと怒られた。

今時そういうのは言っちゃいけないんだよ、とたしなめてくれた兄が、一匹だけ捕ったカブトムシを俺にくれた。

自分はもうそういうものに喜ぶほど子供じゃないからって。

家に戻るとばあちゃんがスイカを切ってくれていて、縁側で家族全員が並んで食べた。

夜には、その縁側で花火をした。

都会ではできないからと、山ほど買っていった花火に、父親もはしゃいでいた。

楽しかった。

声を上げて笑って、みんなに抱き着いて、抱き締められて、ずっと夏休みだったらいいのにって思っていた。

そんな夢を見たからか、翌朝はオーガスより先に目を覚ました。

起き上がったら彼は全裸なんだよなと思い出して、起こさないようにそっとベッドを出て居室へ向かった。

そのまま寝た服はしわくちゃだったし、体温の高い彼に抱き締められてたから少し汗もかいてたので、お風呂の支度をする。

ここは蛇口に魔石が仕込んであって、いつでもお湯が出るのだ。

魔法があると聞かされていなければ、単に給湯器があるのと変わりがない。

浴槽の傍らでお湯が溜まるのを見ていると、突然背後から抱き上げられた。

「うわっ！」

「悪いが、風呂は俺に譲ってもらう」

せっかく避けたのに、全裸のオーガスだ。

「譲るから下ろして」

言うと彼はすぐに下ろしてくれた。

「ご飯新しく作ってもらう？」

「肉がいいと言え」

「……元気？」

「今お前を持ち上げただろう。今日は午前中訓練場に行くが、午後は一緒に過ごそう」

「議会で報告は？」

「トージュにさせる」

「トージュ、可哀想。ゆっくりできないんだね」

「明日からは休みをやる。エリューンにもな。ほら、濡れるぞ、出て行け」

追い出されるように浴室から出され、俺はクルトスさんを呼んで食事を頼んだ。肉メインのオーダーも伝えて。

オーガスが出てから俺も風呂に入り、出てきた時には料理がズラリと並んでいた。

一晩寝れば元通りの言葉は嘘ではなく、なかなかの食べっぷりだ。

食事をしている最中にトージュが来たので、エリューンの様子を尋ねると、彼は難しい顔をした。

「部屋から出てこないんです。後でもう一度行ってみますが」

「他の人は近づけないでね？」

「絶対に」

ああ、やっぱりこの人はわかってるんだ。

「オーガスはヘトヘトに疲れてたけど、トージュは大丈夫？」

「私はエリューンの警護に当たっていたので、さほどは。その分オーガスに負担がかかったんですよ」

トージュはオーガスを、名前で呼んだり陛下って呼んだりするけど、それはプライベートのオンオフだと思う。今はプライベートなのにエリューンのところに行ってくれるんだ。

「じゃ、ずっとエリューンの側にいてね。嫌がったら、俺が言ったからって言っていいから」

「わかりました。その代わりと言っては何ですが、あなたの腰の剣を見せてもらってもいいですか？」

「いいよ。はい」

剣帯から刀を抜いて鞘ごと彼に渡す。

トージュが刀を抜くと、オーガスも見に来た。

エリューンが研いでくれたからか、刀身は美しい輝きを放っていた。

「不思議な剣だな。薄くて、一度使ったら折れてしまいそうだ」

「使うものではないのでしょう。お守りと言ってましたし。使いませんよね？」

念押しするように訊かれて、俺は頷いた。

二人は興味深げにじっと抜き身を見ていた。

「綺麗だな」

「エリューンが研いでくれたんです」

俺の言葉に二人はこちらを見て、また刀に目を向ける。

「わざわざあいつが研いで作ったのか。やはりあいつはリッカを大切にしてるな」

エリューンが刀を研ぐのは珍しいことなのか。

「これを、今まで剣として使ったことは？」

「ありません。神様に奉納されていた剣だったので。研いでもらってから抜いたのもこれが初めてです」

「そうですか。それではこのまま使わずお守りとして大切になさるといいです。きっとあなたを守ってくれるでしょう」

トージュは反りに合わせて刀を鞘に収めてから、戻してくれた。

「ねえトージュ、この世界にカブトムシっている？」

「カブトムシですか？　いませんね」

即答されてしまった。

「そっか、残念」

刀を腰に戻して食事を続ける俺の前で、オーガスとトージュはこれからのことを真剣な声で話していた。

「俺は今日の議会には出席しない。お前から連中を、危険だと煽れるだけ煽っておけ。明日は俺が出る。その前に呑気な考えを飛ばしておきたい」

「考える時間を与えるのですか？」

「この間の一件で自分の頭が使えるようになっただろう。何をするべきか考えさせろ」

「本当は答えは出ているのでしょう？」

「常駐兵を増やして、今回残していた半数の特別隊を現場で待機させる。伝達用の魔法使いを置いて、赤目が出たら俺が出る」

「出してもらえますかね？」

「エルネストには今日明日中に全て話す。今回の一件で仕掛けていた罠は殆ど使ってしまった。次は総力戦だ。エリューンはいけそうか？」

「どうでしょう。彼は隠すので」

「ジジイ五人分の働きを前線でしてくれるんだ。出てもらえなきゃ困る」

「彼にばかり負担はかけられません。体調を考えてあげてください」

「それでも、だ。説得しろ。これは王命だ。魔力が不足しているなら補充させておけ」

「オーガス！」

怒声に驚いて振り向くと、トージュが見たこともない顔でオーガスを睨みつけていた。

「薬品で、だ。俺はそれほど酷い人間じゃない。エリューンも可愛い弟だ」

「……あれはエリューンには大して効きませんよ。彼の魔力は強大過ぎる。でも飲ませておきましょう。出発まで、なるべく側にいます」

オーガスは、一呼吸置いてからポツリと言った。

「俺はエリューンを弟としか見ていない。他にもっと気になる者がいる」

「誰です？」

「口にはしない。だが、そいつとエリューンがいたら、そいつの手を取る。お前は誰の手を取る？」

トージュは答えなかった。

ああ、そうか……。

「会議に出席してきます」

そう言って部屋から出て行った。俺を心配そうに眺めながら。

「弁えがいいのも考えものだな」

肉を口に放り込んでオーガスは呟いた。

「性格だよ。俺が弟属性なら、トージュは兄属性なんだ。我慢が上手くて人に譲ることに慣れてる」

「ヤツの我慢に気づいたのか？」

「今の二人の会話で、ね。オーガス気になる人、いるの？　トージュのための嘘？」

「どっちだろうな。いずれにせよ、エリューンは恋愛対象じゃない。午後は馬場でお前に馬を教えよう。乗馬は覚えておいた方がいい」

「俺、乗れるよ？」

「早駆けもできるか？」

「うーん、教えて」

「教えてやる。リッカがどんな道でも選べるように」

肉を刺したフォークが差し出されたので、パクリと齧り付く。

「これから楽しいことをいっぱい教えてやろう。生きてることは責務じゃなく楽しいことだと感じるように。落ち着いたら、城を抜け出してあちこち遊びにも行こう」

「落ち着いたらって、討伐が終わったら？」

「ああ。その頃には俺はもう王じゃない。自由なはずだ」

彼は笑ったけど、エリューンともそんな約束をしたらオーガス達が迎えに来て流れたなと少しだけ不安を覚えた。

　悪いフラグみたいだ、と。


　幸いなことに、フラグは回収されないまま日々は過ぎた。

　エリューンは忙しいからと姿を見せず、トージュも来なかったけど、オーガスは側にいてくれた。

　俺に接する態度が、少しだけ変わったかもしれない。

　今までみたいにただベタベタして歩くのではなく、俺と話をする時間も、他愛のない話題ではなく色んなことを教えようとしてくれた。

　乗馬もそうだけれど、この世界で流行ってるゲームとか、ファッションの流行とか、大衆小説とか。本当に、俺に『楽しいこと』を教えるつもりらしい。

　一方で、俺に政治的な意見を求めることもあった。

　俺は政治にかかわったことがないと言ったのだけれど、素人の考えも必要だと言って。

　俺にわかるのは、村議会のことくらいなのに。

でも一応、選挙とか、省庁の連携とか、二院制とか、知り得る限りの知識は伝えた。

すぐに実践はできないけれど、参考になると喜ばれた。

一週間ほどそんな穏やかな時間が過ぎた頃、魔獣の森で動きがあったという報告が届き、オーガスは俺を伴ってエルネストのところへ向かった。

「俺は王位を降りる」

部屋に入るなりの宣言に、エルネストが驚きを隠さない。

「何をおっしゃってるんです？」

場所はエルネストの私室だ。

俺は相変わらず置物状態で、オーガスの隣に座っていた。

「一つは、自分の伴侶はリッカ以外考えられないからだ。俺には跡継ぎは作れない、だから王ではいられない」

「養子という手もあります。私に息子が生まれたら兄上の子供とすればいいでしょう」

「そう来るか。だが却下だ」

「言いたくはありませんが、何の役にも立たないリッカを手元に置き続ければ反感を買います。議会をおろそかにしているだけでも文句が出ているんですよ？　彼に攻撃の目が向いたらどうするんです」

「俺が守るさ」

「……本心を伝えてください。何を考えてるんです？」

「討伐の指揮を執る」

「トージュがいるでしょう」

「あれより俺の方が上手い。いや、指揮はトージュでもいいかもしれないが、俺の方が強い。今度の赤目は俺しか倒せない」

オーガスの言葉に、今まで不満を顔に浮かべていたエルネストの表情が固まった。

「……そんなに強いですか？」

「前回も、俺が酷い怪我を負ったのは覚えているだろう。あれより強いのが出てくるんだ。下手をすれば俺は負ける」

負ける、の意味がわかるから、エルネストだけでなく俺も身体を強ばらせた。

また……、優しい人がいなくなる？

オーガスはこちらを見なかったけれど、俺の手を握ってくれた。

「負けるつもりはないが、もしそうなったらこの国は『王』を失う。その事態は避けなければならない。王の座を空にするわけにはいかない」

「だから事前に私に王位を譲る、と？　死ぬかもしれないから王位を譲るなんて言ったら、民衆は……。だから男の愛人ですか」

オーガスは答えなかった。

だが意図は伝わったのだろう、エルネストは頭を抱えた。

「私には無理だ」

「無理じゃない。お前は俺より頭がいい」

「統率力が違います」

「戻ってきたら、支えてやる。お前も王の息子だろう、覚悟を決めろ」

「私はあなたを支えたいんです。自分が上に立ちたいわけじゃない」

「甘えるな。ではお前が軍を率いて魔獣を倒すか？　それなら俺が王を続けてもいいぞ」

「無茶言わないでください」

「そうだ、無茶だ。だからこれしか方法がない。俺は討伐に行く。王を不在にしないために新たな王を立てる。俺に子供がいない以上、王位継承者第一位はお前だ」

「実績のない？」

「実績は作れ」

オーガスは持っていた書類の束を、ここでテーブルに投げるように置いた。

「リッカの発案を簡単に纏めた。これをお前の名前で順次発表しろ。決してリッカの名を出すな。これは役立たずでいい」

「これを？　彼が？」

書類を数枚捲ったエルネストが俺を見る。俺が思いつくままに語ったことをオーガスがこの世界に合わせて選び出して纏めたものだ。

「何故彼の手柄にしないんです。そうすれば彼を認める者も出るでしょう」

「こいつは俺だけのものでいい。ヘタにジジイ共に目を付けられて持っていかれては困る。それにこれは草案だ。ここから現実的なものにするのはお前の仕事だ」

「どうしても、ご自分ではなさらないのですね？」

「役割だ。俺も命を賭ける。お前も賭けろ」

二人は暫く黙って見つめ合っていた。

渦巻く感情が空気を重くする。

やがて痺れを切らしたように、オーガスが立ち上がったので、俺も席を立った。

エルネストはオーガスから視線を外して項垂れ、最後の言葉を口にした。

「あなたが戻らなければ残されるリッカがどうなるかわかりませんよ。あなたが戻らないならエリューンも戻れないでしょう？　彼が『本物の』愛人なら、必ず戻ってください」

厭味と脅しと懇願が混ざった言葉だった。

「戻ったら、将軍ぐらいにはなってやる」

結局、エルネストは王位を継ぐと明言しなかった。

オーガスも言質は取らなかった。

「曖昧なままでいいの？」と訊くと「押し付けられては覚悟も定まらない」とだけ答えた。

自分の道を自分で選ばせたいのだろう。過保護で優しいお兄ちゃんだ。

翌日は、エリューンとトージュが久々に部屋を訪れた。

遠征から戻ってから姿を見せなかったので心配していたのだが、結界の術式を魔術の塔で講義していたらしい。

「年寄りは自分で覚える努力をしないのが腹立たしいです。『じゃ、そこまでを紙に書いて渡してくれ』ですよ？　人にものを教わる態度ですか」

凄くよくわかる話だ。俺は村役場のオジサン達を思い出した。

「書いてあげたの？」

「まさか。覚えられない者は降格するよう陛下に上申すると言ってやりました。課題を出したので、今頃遠い昔の学生時代を思い出しているでしょう」

オーガスとトージュが、また遠征の話し合いを始めたので、俺とエリューンはバルコニーへ移動した。

「エリューンも遠征に行くの？　結界はもう修復したんでしょう？」

「破られる恐れもありますし、攻撃魔法も使いますから」

「炎とか氷とか？」

「炎とか氷とか。他にも色々ですね」

「見てみたいなぁ。結局まだ派手な魔法って見たことないから」

「戻ったら見せてあげますよ。戻ったら、すぐに森へ帰りましょう。もう城はこりごりです」

「……あのね、エリューン。俺、決めたことがあるんだ」

俺は心に決めたことを彼に告げた。

エリューンは驚き、反対したけれど、決意したのだと言うと不承不承認めてくれた。

それならばと彼からも色々教えられた。

「怪我は私達魔法使いが治癒することができます。魔力枯渇も薬品や供給者からの提供で間に合えば問題ありません。ですが欠損と即死には対処できません。それは覚悟してください」

「生きてれば何とかなる、だね？」

「まあそうですね。遠征当日は、私も騎士服を着るんですよ、白いのを」

「目立つでしょう？」

「目立って守ってもらうんです。リッカは淡い青がいいですね」

「騎士服は動きにくいよ。生地も厚いし」

「身を守るためです。防火、防水、防魔法ですから。その代わり兵士は防具を持ちますが、騎士は防具を持ちません。攻撃に全フリです」

「エリューンは防具持つ？」

「防御結界を自分に張れるのに？」

「……なるほど」

「遠征に出るまで、毎日ここへ来ましょう。どうせオーガス達も忙しいでしょうから」

「エリューンは忙しくないの？」

「今まで忙しかったので、もう終わりです。後はゆっくり休んで魔力を溜めるだけです」

「じゃ、美味しいものでも作るよ。ケーキがいい？」

「リッカのケーキは美味しいから楽しみです。甘い物も魔力の源になるんですよ」

「じゃ、遠征用に焼き菓子も作っておく。片手で食べられるのがいいよね？」

「手が汚れないのがいいですね」

バルコニーから見下ろす庭には、色とりどりの花が咲いていた。

季節は冬だというけれど、寒さは感じない。四季のある日本からすると、不思議な感じ。

「スタンピードなんて、起きなければいいのにね」

思わず零れた言葉に、軽率だったと気づいたけれど、隣から返ってきたのは肯定だった。

「そうですね」

それはきっと、エリューンの本音だったのだろう。

その後に向けられた視線の先も。


運命の日は、エルネストと話をした五日後に訪れた。

十分に危機感を煽った議会の最中、急使が会議場に飛び込んできたのだ。

「申し上げます！　赤目の出現を確認しました。同時に多数の魔獣が出現。現在常駐軍と特別隊の皆様が交戦中！」

議会は蜂の巣を突ついたような大騒ぎになったが、更に騒ぎを大きくしたのは報告を受けたオーガスの発言だった。

「俺はすぐに軍を率いて現場へ向かう。これをもって王位は弟のエルネストへ譲渡する！」

まだ本人からの了承すら得ていないのに、だ。

だがエルネストも唯々諾々(いいだくだく)というわけではなかった。

「かしこまりました。『王の遠征中は』私が国王としての務めを代行いたします」
オーガスは戦場に必要だ。それは認めるが、王位を譲り受けることは納得できない。だから
あくまで留守の間だけの王位だ、と告げた。
オーガスは『まだ言うか』という顔でエルネストを見たが、エルネストも『これが精一杯の
譲歩です』という顔で睨み返していた。
お互い言いたいことが山ほどある顔をしていたが、王族として何を優先させるべきかわかっ
ていたのだろう。言い争うことはせず、そのまますぐに次の行動に移った。
エルネストは議会に残り、近隣の退避計画や傷兵の受け入れ施設などの準備。各地の魔獣の
出現状況の把握。
オーガスはトージュを連れてすぐに議場を出て私室へ向かった。
「オーガス、ちょっとエリューンのところに行ってくる」
「エリューンにも知らせは届いているぞ？」
「準備を手伝う約束してるから。正面玄関で会おう」
「わかった」
文句を言わなかったのは、これが俺とエリューンが会う最後の機会だと考えてるわけじゃな
いと思いたい。

部屋へ行くと、エリューンは既に着替えを済ませていた。

いつもはローブ姿なのに、白に金の刺繍の施された騎士服に身を包んでいる。確かに黒い騎士服の中ではよく目立つだろう。

「リッカ、後悔はありませんね？」

「うん。俺ね、泣けたんだ。声を上げて泣いた。その場所を失いたくない。……エリューンは泣けた？」

「……私は無理ですね。でも、『誰か』の役に立ちたいというのではないのなら、可愛い弟の願いは聞き届けてあげましょう。さ、急ぎますよ」

「うん」

支度を整えて二人で部屋を出る。

並んで歩く俺達をすれ違った人々は驚きの目で見つめていた。

玄関先で並んだ兵士達を従えていたオーガスも、特別隊の前に立つトージュも、見送りの先頭に立つエルネストも、俺達を見て目を見張った。

それはそうだろう。だって俺は薄青の騎士服に身を包んでいたのだから。

「どういうつもりだ、エリューン」

近づいてきたオーガスは、俺ではなくエリューンに尋ねた。

「どうって？　弟を連れて行くだけです」

「リッカを連れて行く理由は？　危険に晒すだけだぞ」

「彼が望んだからです」

エリューンがきっぱりと答えると、オーガスは俺の隣に立って訊いた。

「何のつもりだ」

「最初に俺に訊くべきだと思うんだけどな。行きたいから行く」

「そういう問題じゃない」

怒ってるけど、皆の前で俺を怒ることができないのでそれを抑えている顔だ。オーガスって、やっぱり過保護なんじゃないかな。

「道中はエリューンの馬車に同乗する。向こうに着いたらオーガスと一緒にいる」

「俺は最前線だ」

「なら最前線に」

「リッカ」

「俺がいれば魔力切れを心配する必要はないでしょう？」

「お前を供給者にするつもりはないと言った」

「じゃあ、別の理由。役に立たなくても必要だとか、自分の好きなように生きろって言ってくれたでしょう？　泣ける場所を守りたい。もう二度とあんなふうには泣けないから、大切なその場所をまた失うのは嫌なんだ」

「あれは……！」

「泣かせた責任取ってね」

彼から離れてエリューンの元へ向かおうとすると、トージュが俺の腕を掴んだ。

「残りなさい」

真剣な眼差しの中に心配が見える。

「留守番してる間にみんないなくなるなら、一緒に付いて行けばよかったって思わせないで。俺、じいちゃんから免許皆伝もらったから」

トージュは酷く困った顔をして捕らえていた手を緩めた。

「これ以上、何も訊かないんだね？　なら俺は行くよ」

やっぱり、今の言葉だけで俺の強さがわかるんだね？

でも、俺の名前は呼ばないんだね。あなたはトージュだから。

エリューンと同じ馬車に乗ると、エリューンも心配そうな顔をしていたが、彼は止めなかった。バルコニーで付いて行きたいと話をした時に、もう散々止められていたから。

この騎士服も、彼のを染め直して手直しして用意してくれたのだ。

緊急事態なので、セレモニーも挨拶もなく、すぐに出発した。

「前回の戦い方は説明しましたね？」

「オーガスが軍を率いて魔獣を倒しまくった。赤目と遭遇したらその強さから他を下げて一騎打ち。トージュはエリューン達魔法使いを警護してた」

「そうです。でも今回はそうはいかないでしょう。前回の赤目よりも強いなら、オーガスは赤目のためだけに温存です。赤目を捕捉するまで前線には出ません」

「オーガスがあっちに行ってる間にこっちに赤目が出たら困るから、だね？」

「ええ。代わって前線の指揮はトージュが執るでしょう。魔法使いの警護は特別隊が担うと思います」

「大丈夫？」

「結界がありますから、その分は前回より安全です」

「でも結界を越えないと魔獣は倒せないでしょう。エリューンも戦うって言ったよね？ちゃんと話して」

過保護にはしないで、という目で見ると、彼は微笑んで頷いた。

「私は結界が破られたらすぐに張り直しをするために、結界の基礎となる石の側で待機します。この時は無事です。危険なのは結界を破られた時です。再び張り直すまでの間、無防備になりますから。それを守るために特別隊がいますけれど。もう一つは、軍が劣勢になった時です」

「戦う？」

「戦います。結界の修復を他の魔法使いに任せて私も前線に出ます」

「勝てる？」

「わかりません。けれど私はそのために育てられましたから、務めを果たします」

「トージュは守ってくれる？」

エリューンの顔に一瞬だけ動揺が走ったけれど、笑みは消えなかった。

「王が命じれば、あの人はいつでも私を守ってくれます」

「魔力、足りなくなったら呼んで。俺の血をあげる。セーエキとかヨダレは嫌だから」

「ふふっ、血もあんまりねぇ。あなたが怪我をしないでいるのが一番です。トージュも、オーガスもそれを望みますよ」

「生きるために死に物狂いで戦うけど、一人で生き残るのには意味がない。生きるならみんな一緒がいい。忘れないでね、エリューン」

「あなたも、死に急がないと約束できますね？」

「絶対に。『死にたい』のと『死ぬ覚悟がある』のは別だもの」

「いい子です」

頭を撫でられたので、またムッとした。

「だから、俺は成人男子だって」

でも何となくわかってきた。エリューンも、オーガスも、トージュも、何かを愛でることで自分を強くしようとしているんじゃないかな。『これを守ろう』って。

だったら守られる側に回ってもいい。

馬車は王都を抜け、走り続けた。

行軍は、進みは早くないが、休憩は食事と馬の水飲みだけで日が暮れるまで進み続けた。

ミリアの森から王都に来た時には一日馬で走り続けたが、休憩もゆっくり取れて夜には到着した。でも今回は野営が入った。魔獣の森は遠いらしい。

オーガス達はテントに、俺はエリューンと馬車に籠城だ。あの二人は顔を合わせたら煩そうだと意見が一致したので。事実、ドアはノックされたが、エリューンが追い返した。

魔獣の報告で忙しいのか、追い出した後は近づいてこなかった。

翌朝は陽が昇る前に出発し、また移動。現場に到着したら疲れてしまうのではないかと心配したが、回復専門の魔法使いが出撃前に回復してくれるそうだ。

現場は必ず混戦になる。だから途中で回復魔法をかけることは難しいので、万全にして送り出すのだそうだ。

行軍中も、着々と報告が入り、結界のお陰で被害の拡大は免れているらしいが、数が増えた上に飛翔タイプの魔獣も出た。赤目は角のある四足獣で、狼に似ているらしいということもわかった。前回は猪みたいなものだったらしい。

狼といえど大きさは馬車並で、知能もあって、結界の石を狙って攻撃してきている。

結界の石とは、ネットを張る時の支柱みたいなもので、何カ所かに置かれている。石から石へと魔法で編み上げた結界という名のネットを張ってると考えればいいようだ。

石が壊れるとそこを起点とした部分の結界がなくなる。一気に全てが無くなるわけではないが、穴が開けばそこから魔獣が外へ出てしまう。

本能か、この間壊れたのを見て覚えてしまったのか、結界に体当たりするより石を壊した方がいいと知ったのだろう。

「リッカ、離宮が見えます。そろそろ到着しますよ」

言われて目を向けると、夕日の迫る小高い丘に小さな館が見えた。実際は小さくないんだろうけど。

「あれは魔獣の森を見下ろせるように建てられているんです。魔獣のいない百年の間に安全を誇示するために王族が使います」

「王族が森の側に来るくらい安全って、ことだね。今は誰か住んでるの？」

「いいえ、補給の食料が備蓄されてるくらいでしょうね」

その離宮の丘を眺めて暫くすると、俄に外が騒がしくなった。

窓から顔を出して外を見ると、暗い森の手前、切り開かれた場所に大きなテントが幾つも張られているのが見える。

更にその先では何度となく閃光が瞬いていた。

肉や髪の焦げるような嫌な臭いもしてくる。

「オーガスの側を離れないように」

「わかってる」

「今から戻ってもいいんですよ？」

「『いい子』にならないで、行きたい場所に行くって決めたから、行くよ」

エリューンが俺を抱き締めて額にキスをくれた時、馬車が止まった。

「着きました、降りてください」

外からトージュの声がする。

馬車を降りると、既に戦闘は始まっていた。

待機兵の立ち並ぶテントの隣に負傷兵の横たわるテント。ローブを着た魔法使いが休息をとっているテント。その向こう、結界ギリギリで野生動物みたいなのと戦っている人。

緊張した空気。

暗くなり始めた紅い空の下、その光景は鬼気迫るものだった。

「リッカ！」

オーガスが俺を呼ぶ。

「お前はここで待っていろ」

「オーガスは？」

「赤目が近い。すぐに出る」

「じゃ、一緒に行く」

「足手まといだ、ここで待て」

「ならないよ。行く」

「連れて行ってあげてください。彼は有益です。わかっているでしょう？」

俺に掛けカバンをかけてくれながらエリューンが言うと、オーガスは苦虫を噛み潰したような顔をした。

「それなら、お前の側にいた方がいいだろう」

「彼は私よりもあなたを選んだんです。ここで置いて行くなら、二度と近づかせません。あなたが呼び寄せたんですよ？　この子を一人にしないでください」

「戦えない者は危険だ」

「ではあなたが守りなさい」

「戦いに集中できん」

「リッカ、オーガスより前に出ないと約束できますね？」

「約束する」

その時、凄まじい咆哮が響いた。

「赤目だ！」

「近いぞ！」

人々が声を上げながら剣を抜いて飛び出して行く。ここで待機のはずだったのに、予定も作戦も全て消し飛んでしまう。

「クソッ！　離れるな！」

「絶対に」

俺は刀の柄に手を掛けて、走り出したオーガスを追った。

「ナツ！　戻れ！　それは殺す刀ではない！」

トージュの声に、俺は振り向いて叫んだ。

ああ、終にその名を呼んだね？　俺が誰だかわかってたんだね？

「フユ兄、自分の守りたいものを守って！　絶対に離さないで！　離れたら最後ってわかってるでしょう？　大切なものを間違えないで、失くしたらそこで終わりなんだよ！」

薄々感じていた。

だって、彼は初めてエリューンの家で会った時に、オーガス達が『剣』と呼ぶものを『刀』と言ったから。酒が飲めるようになったとか、過去と比べるような言動をしたし、プリンや甘い卵焼きを懐かしそうに食べてたし、銃のないこの世界で『弾丸』という言葉も使った。

ここにはいないのに、カブトムシって言葉を『それは何だ？』と訊かずにすぐ『いない』と答えた。存在しないものの名前ならまず『カブトムシって何だ？』と訊くはずなのに。

刀という言葉を聞いた時、トージュは俺と同じところから来た人じゃないかって思った。

でも生まれた時から侯爵家の子供だと聞いたから、俺みたいな転移じゃなくて、転生なんだろうなって思った。

それでも、無関係な人かもしれないから口には出さなかった。新しい人生を生きているなら、戻れない場所のことは忘れていた方がいいもの。

もしかしてフユ兄かと思い始めてからも、フユ兄が俺を『ナツ』と呼ばないから、兄さんはここでトージュとしての生活を選んでいるのだと思ってこちらからは何も言わなかった。

ごめんね。

ちゃんと昔のように『ナツ』って呼んでくれたけど、俺はもう兄さんより付いて行きたい人ができちゃったんだ。

『フユ兄』ってなんだ？」

走りながら、その『付いて行きたい人』が不満そうに尋ねた。

「トージュは、多分俺の兄さんの冬至だと思う」

「兄？」

声は驚いていたが、足は止まらない。

「死んで、この世界に生まれ変わったんだと思う。ちゃんと確かめないと断言できないけど」

「……じゃあ、後で俺にも説明しろ」

「うん」

立夏は『ナツ』、冬至は『フユ』。季節を表す言葉だから、幼い頃は家族にそう呼ばれていた。彼がずっと俺を見ていたのは、世話を焼いてくれていたのは、俺がナツだと気づいたからだよね。変わらず、見守ってくれてたんだね。

確証のないまま今日まで来たけど、今、俺を『ナツ』と呼んだから、確信が持てた。

でも、今の彼は冬至ではなくトージュ。転生しても名前が似てるのが笑えるけど、もう別人だ。俺がフユ兄を置いてオーガスを追うように、トージュにも俺を見送って残りたい相手がいるんじゃない？

王様の想い人だと思うから、我慢してたんでしょう？　だからオーガスがエリューンにはそんな気持ちはないってわざわざ口にしたんだ。

エリューンの好きな黒髪の人は、兄さんだと思うよ。だから守ってあげて。

「……不器用で真面目なとこは変わんないなぁ」

神様は、俺の願いを叶えてくれてたんだね。

家族のいるところへ行きたいっていう願いを。

なのに俺は家族を置いて走っている。

「背後に付け。前に出るな」

「はい」

兵士や騎士達の間を駆け抜けてオーガスが前へ出る。

目立つ空色の騎士服を着た俺に戸惑う者達を置いて、どんどんと先へ。

辺りは酷い臭いだった。

馬車から降りた時に感じた髪の焦げたような臭いに、生臭さと焚き火の後みたいな炭の臭いもする。

「陛下！　右奥です！」

「炎の魔法を使います！」

抜き去る度に声を掛けてくる兵士達も、牛のような魔獣と戦っていた。

罠にかかって暴れる猪を見たことがあるが、あれと同じようにパニックで暴れまくってる。

近づくものは全て殺す、みたいに。

俺は走りながら彼等の戦い方を見た。

周囲の兵士が足や目を狙い注意を引き付け、その間に特別隊の騎士らしい人が首を落とす。

連携が取れれば意外とあっさり倒せるのかと思ったが、それはどうやら大して強くないものに対してだけらしい。

進んで行くと、大型の猪みたいなものに騎士五人がかりで剣勢を飛ばして戦っているのも見た。落とすべき首も太く、剣の長さよりある。

どうなるのか最後まで見たかったが、オーガスの足は止まらなかった。

「クソッ、もう一度啼け！」

その声が届いたかのように咆哮が響き、人が飛んできた。

驚く間もなく、樹に叩きつけられた身体がずるずると目の前に落ちてくる。

黒い騎士服。特別隊の人だ。

それを追うように、草むらから巨大な毛皮の塊が姿を見せた。

狼に似ているが、鼻先が尖っているところはキツネにも似ている。黒ずんだ毛には赤いものが何カ所もこびりついているが、あれは自身の怪我ではなく返り血だろう。

特筆すべきはその大きさと赤黒く光る瞳だろう。身体は四トントラックぐらいあるし、赤い目は時々金色に瞬いている。

強い。

それは俺でもわかった。

「この人を診る。戦って！」

「動くなよ！」

俺は気絶している人の背後に回って脇に腕を通してずるずると引きずった。

消防団で気絶した要救助者の運び方を習っていたから、自分より身体の大きい人でも何とか樹の陰まで連れて行けた。

呼吸があることを確かめてから、全身をチェックする。右足に多分咬み傷。ズボンが破けて血が出ているし、膝の辺りで脚が変な方向に曲がってる。

エリューンからもらった掛けカバンからナイフを取り出して服を裂き、傷の上の部分を包帯で強く縛り上げた。とにかく止血だ。生きてさえいれば、何とかするってエリューンが言ったもの、大丈夫。この人は死なせない。

手当をしながらオーガスを見ると、彼は剣を抜いて魔獣と睨み合っていた。間合いを計っているのだ。

赤目も、オーガスの強さがわかるのだろう。唸って牙を剥いてはいるが、簡単には襲ってこない。

だが、草むらからもう一匹、トカゲのような魔獣が現れ、オーガスがそいつに剣勢を放った途端、赤目が飛びかかってきた。

トカゲは一撃を食らって倒れたが、その分オーガスが遅れたかに見えた。けれど彼は上段に構えなくても剣勢を放てる。

振り下ろした剣を振り上げながらもう一撃、今度は赤目に向けて剣勢を放った。

前足に当たったが赤目は勢いを殺さず飛びかかる。

訓練場で見ていた時から、彼が強いことはわかっていた。トージュと剣を交えている時には舞踏のようだと思った。けれど赤目の攻勢にそれが乱れている。

赤目が強いのもあるが、足場も悪いのだ。

赤目は身体が大きい分動きにくいかと思ったが、身体に当たっても樹々を薙ぎ倒すほど勢いがある。組み合えば力で負けるので跳び退って距離を取らなければならないが、樹の根にも注意しなくてはならない。

赤目は口を僅かに開けた。

隙間から青白い靄が見える。

俺は思い当たることがあって叫んだ。

「口の中に炎を放って！」

何故と問い返さず、オーガスは剣勢に炎を乗せたものを放った。それが当たった途端、赤目の口元で炎が爆発する。

「どういうことだ！」

「あの青い靄は燐だと思う。炎を吐く前に口の中に溜めるんだ。あれが見えたら先に火を点ければ炎は吐けない」

ファンタジーの漫画で、竜が炎を吐く前に燐を溜めるという描写があったのを思い出した。

そしてお墓の鬼火の成分は燐で、人間にも身体に燐があって燐は自然発火もするって。

その想像は当たっていたらしい。鼻先を燃やされた赤目は前足で鼻を擦りながら後退っていた。

魔獣も獣だ。頭がよく、魔法を使えるのかもしれないが、攻撃すれば倒せるものだ。

オーガスなら倒せる。そのためには自分は気配を消しておくべきだ。

まるで映画を観ているようだった。

睨み合い、互いに飛びかかっては、相手に跳び退かれる。

赤目の牙が、爪が、オーガスを掠めれば、彼が剣勢を放って赤目の毛皮を焼く。

応援は来なかった。恐らく投げ飛ばされてきた騎士達の隊が、この辺りを担当していたのだろう。残りの騎士も動ける状態ではないってことだ。

誰にも邪魔されることのない長い一騎打ち。

やがて、赤目の身体から返り血ではない、見たことのない赤黒い血が流れる。オーガスの騎士服も爪に裂かれ、黒い服だから血の赤さはわからないが濡れてるのはわかる。

動き続けていると、袖口から赤い血も流れてきた。

血で、剣が滑らないといいな。

心配した次の瞬間、オーガスが吠えた。

あれは、魔力なんだろうか？　彼から蒼白いオーラのようなものが立ち昇る。

声を上げて放った剣勢は、今までのものよりも遥かに大きく、赤目の顔面を直撃した。

ギャン！　と声が上がり、動きが止まる。

「死ね！」

突進したオーガスの剣が赤目の首に振り下ろされる。蒼白いオーラは剣も包んでいて、何倍にも大きく見えた。その大きさのまま、首に食い込んでゆく。

「オーガス！」

剣が首を捕らえると同時に、赤目の前足がオーガスを襲った。

赤目の首が落ちる。

けれどオーガスも弾き飛ばされた。

あの大きな身体が宙を舞って、大きな音と共に樹に叩きつけられる。

全身が総毛立った。

……嫌だ。

俺は真っすぐ彼に駆け寄り、身体を抱き起こした。

「オーガス！　オーガス！　目を開けて！」

額に血が滲んでいる。抱き上げた手が震える。

「俺を……、一人にしないで……。オーガスがいなくなったら俺はもう泣けない……。俺をまた空っぽにしないで……」

溢れた涙が彼の頬に落ちる。

「……魔力切れだ」

うっすらと、彼の目が開いた。

「オーガス！」

「静かにしろ……、まだ他の魔獣が……！」

俺の身体を押しのけ、剣を杖にして彼が起き上がろうとする。その目に戦意が漲っているのに気づいて視線を追うと、そこには一匹の魔獣がいた。

赤目を見た後では小さいと感じるが、けっこう大きめな熊のような魔獣だ。

「下がってろ……」

言われても、俺は再び剣を構えようとするオーガスの前に立ち塞がった。

「リッカ！」

「下がって。俺に触れないで」

彼を置いて魔獣に静かに近づく。

「無理だ！」

腕輪を外してオーガスに投げ、身体を低くして構え、刀の柄を握って呼吸を整える。

「リッカ！　戻れ！」

訓練場で、騎士達は俺の練習を見て笑った。

抜刀して剣戟を続ける騎士の剣ではなく、座った状態から剣を抜いて一つの型をとるので、一振りしかできないと思われて。

だがこれがじいちゃんの道場で習った俺の剣、居合だ。

免許皆伝だと伝えた時にトージュが引いたのは、俺が達人であるじいちゃんに認められた腕だとわかってくれたからだろう。

殺す剣ではないと言ったのは、居合は切り合いの試合などを殆どしないからだ。

オーガスはもう動けない。

さっきのオーラのような魔力放出で魔力切れを起こしている。これ以上使わせたらどうなるか、俺にはわからない。でも騎士が剣を杖にするということは、余力のない証しだ。

俺がやるしかない。

「リッカ！」

彼が俺の名を叫んだ瞬間、魔獣は俺に向かってきた。

一撃だ。

二撃目は弱くなる。一撃で仕留める覚悟を決めろ。

「……俺に泣くことを思い出させるな！」

オーガスの叫びに胸が熱くなる。

歓喜に浸る間は無く、魔獣の腕が俺に伸びてきた瞬間を狙って、抜刀して横に薙ぎ払った。

「ハアッ！」

声と共に振った刀は、白い光を放ちながら魔獣の胴体を真っ二つにした。

「……何か出た！」

想定外の出来事に呆然としていると、背後からオーガスが覆いかぶさるように俺を抱き締め、無理やり首を向けさせられ唇を奪われる。

「ンン……ッ」

咬みつくように激しい口づけ。

舌を甘く噛まれ、唾液を吸い上げられる。

……キスじゃない。魔力供給だ。

気づいて抗うのを止めると、彼は容赦なく俺を貪った。

キスされながら身体を向けさせられすっぽり腕の中に収まると、頭を、身体を、しっかりとホールドされて呑み込まれるように求められた。舌が差し込まれて唇が開いたままなので溢れそうになる唾液を、彼が舐り取り、吸い上げる。

こめかみが、ドクドクと脈打つ。

どんな理由でもキスはキスで、俺にとってこんなキスは初めてだったから。

脚から力が抜ける。

でも逃げちゃダメだ。必要なことなんだから。

続けられるキスはやがて吸引を止めて口腔内を舌で荒らすだけになり、唇の端から唾液が零れた。

「お前には驚かされる」

やっと唇が離れた途端、俺はその場にへたり込んだ。

いや、へたり込もうとした身体をオーガスが抱え上げた。

「立てないのか。魔力を貰い過ぎたか？」

「……よくわかんないけど、違うと思う」

顔を赤くすると、意味に気づいてくれたようで追求はされなかった。

「そっちは怪我大丈夫？」

「かすり傷だ。魔力は今補充した。魔剣が使えるなら使えると言っておけ、醜態(しゅうたい)を晒した」

「魔剣……？」

「あれが魔剣だと知らなかったのか？」

「……知らない。研いでもらっただけだと思ってた。でも出る前にこの刀を持って出るようには言われた」

「じゃあお前の魔力を知って、エリューンが勝手に加工したんだろう」

「あの……、下ろして」

「嫌だ」

「怪我人を運ばないと。血の臭いがすると他の魔獣が来るかも」

さっき飛ばされてきた人を視線で示すと、彼は舌打ちしながら下ろしてくれた。

「戻るぞ。腕輪、戻しておけ」

「うん」

彼が乱暴に怪我人を肩に担いで歩き出すと、抜き身の剣を持った騎士数人と出くわした。

「陛下！　ご無事で。赤目は？」

「こいつを頼む。赤目は倒した」

有無を言わさず、担いでいた騎士を投げるように渡す。

「倒されたのですか！」

「この先に遺体がある。確認しろ。魔法使い達に浄化もさせろ。エリューンは？」

「エリューン様は森の西側で交戦中です。飛翔タイプが出たので魔法で対処していただいております」

「特別隊は？　剣勢で何とかなるだろう」

「彼等は奥で大型獣と交戦中です。群れが出たので」

「トージュは？」

「エリューン様を追いました」

「魔獣の残数は？」

「正確に把握はできませんが、大小取り混ぜてまだ百を切っていないかと」

「百か……」

オーガスは俺を振り向いて、じっと見つめた後、ため息をついた。

「言いたいことも訊きたいことも山ほどあるが、完全に夜になる前にもう少し数を削りたい。一人になりたくなきゃ付いてこい。どこまでも連れて行ってやる」

「はい！」

走り出したオーガスの背中を追って、俺も走った。

彼に付いて行く。

これは選択じゃない。

たった一つの望みだ。

だから正しいか間違ってるかなんて関係ない。

俺は、与えられた選択肢を選ぶのではなく、自分の大切なものを失わないために自分でやりたいことを決めるんだ。

あっちを選べばよかったなんて後悔をしないように。したいことをした結果だから甘んじて受け入れられる、そう思えるように。

深夜近くになって、ようやく態勢が落ち着いてきたのを確認すると、オーガスと俺は回復と治癒の魔法を受けて馬車に乗り、後は騎士達に任せて来る途中で見た離宮へ向かった。

エリューンは既に魔力を使い果たしたということで、トージュに守られて帰還したらしい。

近くに来ると、やっぱり大きなお城だった離宮は、普段使われていないので迎えに出たのは数人の使用人だった。

取り敢えず温かい食事をかき込んでから寝室へ。

当然、オーガスは王の寝室へ向かい、俺も連れ込まれる。

「疲れた……」

あの後、オーガスは八面六臂(はちめんろっぴ)の働きで魔獣を倒し続けたので、疲労はピークに達したようだ。回復の魔法をかけられても、魔力の枯渇は埋められず、服を脱ぎ捨てるとすぐに浴室へ向かった。

俺は刀を使いはしたけれど、まだ使い方がよくわからない魔剣は使うなと言われたので、腕輪を嵌(は)めたまま戦った。負担は肉体的疲労だけで、それは魔法で回復していたので、メイドにお酒と着替えを頼んで彼が出てくるのを待った。

彼が出てから、自分もお風呂に入る。

温かい湯船に身体を沈めると、魔法では補えなかった疲労が癒される気がした。

厚くて重い騎士服から、薄いガウンみたいな寝間着に着替えて寝室に向かうと、彼はベッドに座ってワインを飲んでいた。

「飲むか？」

「少し」

応えると、グラスにワインを注いで渡してくれる。

それを受け取って、俺もグラスに口を付けた。

「お前は剣を使えたのか」

「刀を使う居合っていうのをやってた。オーガス達が使うのと違って、抜刀の早さと型を重視する剣技。じいちゃんが道場やってて、師範で、若い頃には国で一番になったこともあるって言ってた」

全国大会一位だったから、嘘ではない。

「何故言わなかった？」

「居合は人と戦うためじゃなくて、礼儀作法や立ち居振るまいのためにやってたから」

「魔剣は使ったことはないんだな？」

「ない。何か出てビックリした」

俺はあの時のことを思い出した。

力が漲った後、何かがごそっと抜けるような不思議な感覚だった。

「あのペラペラの剣はかなり丈夫だが、あれもエリューンが魔法をかけたのか」

「それはわからないけど、刀は鉄も切れるって話はあるよ。作り方が特殊なんだ。熱した材料を何度も折り返して鍛練したり、柔らかい鉄と硬い鉄を組み合わせたり、工程が複雑で簡単には作れない」

銃の弾丸も切れるってことだし。

「その詳しい作り方を知ってるか？」

「一応」

「今度教えろ」

オーガスは言葉を切ってワインを一口含んでから身を乗り出した。

「トージュがお前の兄貴だっていうのは？」

じっくり聞く体勢を取ってるのを見て、俺も口を湿らせてから説明した。

「この世界に生まれ変わりって考えはある？　死んだ人が別の人になって生まれ変わることだ

けど」

「あるな。優秀な人間が現れると先達の生まれ変わりだと言われる」

「多分それだと思う。初めて会った時、刀を見て剣じゃなくて刀って言ったから、俺と同じ世界の人かなって思ってた。この剣は俺の世界では『刀』って呼ばれてるもので、ここの人は知らないはずだから。でも兄さんだとは思ってなかったな。顔が全然違うもの」

「何時わかった？」

「んー、お酒が飲めるようになったのかとか、昔を知ってるような口ぶりだったから薄々。俺のことを知ってる人なのかなって。立ち居振る舞いも、フユ兄っぽかったし。でも俺のことを『ナツ』って呼んだのが決定的だった」

「『ナツ』？」

「愛称。俺のリッカって名前は夏のことを言うんだ。トージュは冬至っていう名前で冬のこと。だから俺は『フユ兄』って呼んでた。この世界で俺をナツって呼ぶ人はいないから、ああ兄さんなんだって」

「あいつがずっとお前を見てたのは、弟だからか……」

「ずっと見てた？」

時々視線が向けられてることには気づいてたけど、ずっととは思わなかった。

「ああ、気づかれないようによく見てた。だから最初はお前に惚れてるのかと思った。暫くすると子供を見守る親みたいだと思ったが。そうか、兄か」

納得したように何度か頷き、彼は手の中のグラスを空にした。

「どうして、俺に付いてきた？」

「オーガスを失いたくないと思ったから」

間を置かず答えると、彼は難しい顔をした。

「俺を保護者にするのか」

「保護者なら、もう兄さんがいるよ。でも、俺はオーガスがいい」

「どうして？」

「一番失いたくない人だと思ったから」

俺も手にしたグラスを飲み干し、サイドテーブルに置いた。

「エリューンも大切。俺にこの世界で一番最初に優しくしてくれた人で、同じ痛みを抱えてる人だ。トージュも大切。兄さんだとわかって、俺の生きてる最後の家族だ。でも俺は誰の側にいたいかって訊かれたら、オーガスがいい」

「俺が王だからか？」

「俺に言う？　権力に興味はないってずっと言ってるのに」

拗ねるように言うと、彼は素直に謝罪した。

「スマン。だがお前が俺を選ぶ理由が思いつかない」

「こういうの、フィーリングなんだけど、言葉にした方がいい？」

「聞きたい」

好きな人に好きな理由を言うのって恥ずかしいな。

でも彼が待ってるのがわかるから、俺は言葉にした。

「怒れって言ってくれたから。俺はずっと、不幸を前にして自分が悪いからこういうことが起きるんだって思ってた。そうしないと、どうして俺を置いていったんだって、いなくなった人を恨んでしまいそうだったから。大好きだった人達を嫌いにならないために、自分が間違えたからこうなったんだって思ってた。泣くこともできなかった。泣いたらみんなが心配して、迷惑をかけるって思ってたから。全部我慢して、自分が間違えなければ次は大丈夫、自分が一人になったことには意味がある。きっと何かの役に立つために残ったんだ、置いていかれたわけじゃない、って。でも本当はそうじゃなかった」

間違えなくても、役に立っても、心に穴が空いていたのはそのせいだ。

俺が望んでいたのはそういうことじゃなかったから、埋まらなかったんだ。

「俺は不幸の理由が知りたかった。どうして自分だけがって思って。みんなが優しくしてくれても、その理由を教えてくれる人はいなかった。『君のせいじゃない』と言う人はいてもね。でもオーガスがはっきり言ってくれた。理由なんかないって。理不尽なことだって。だから泣いても怒ってもいいんだって」

卵の中で、ううん、もっと硬い殻だったから胡桃の中？　ずっと、ずっと、自分のせいにして、いなくなった人は悪くないって考えに凝り固まっていた。

不幸に耐える理由をいっぱい探して何とか繋いでいた。

でもこの巨大な胡桃割り人形はパッカンと硬い殻を割ってくれた。

選択するんじゃなく自分の好きなようにしろと。何を選んでも生きることも死ぬことも平等で理不尽なものだと。

「それを聞いて、俺はやっとわかった。俺は一人になりたくなかった。『どうして？』って叫びたかった。寂しい、酷いよって言いたかった。でもそれはいなくなった人を責める言葉だと思ったから言えなかった。オーガスが、その気持ちを『不幸』そのものにぶつけていいって教えてくれたから、嘆くことができた。オーガスがいたから泣けた。オーガスがいなかったら、俺はまだ空っぽのままだった。次に泣くようなことがあっても、オーガスの胸でなら泣いてもいいって思える。……そんなこと、ない方がいいけど。だからね、側に置いてもらえるなら愛人でも、魔剣士でも、弟でも、あなたの望むものになる。魔力もあげる。俺の望みは泣きたい時に泣いて、泣く時にはオーガスの胸がいいってことだけ。あなたを失いたくないんだ」

彼は額に手を当て、考え込んでしまった。

想像していた反応と違う。

笑って、『そうか』って言ってくれるかと思ったのに。

「……あの、オーガスに好きな人ができたら、もちろんちゃんと距離は取るよ？　俺が側にいたいって思ってるだけだから」

考える人みたいなポーズのまま、彼の目がちらりと俺を見る。

「あの二人を敵に回せって……？」

「オーガス？　迷惑だった……？」

彼なら、許してくれるかと思ったんだけど、甘かったかな。

「俺の言った言葉を覚えてるか？　『俺のために生きるなら、魔力供給でないキスをさせろ。お前の全てを俺に寄越せ』と言ったな？」

「……うん」

「全部寄越すか？」

「え？　うん。俺が渡せるものなら」

「じゃ芝居は止めだ」

「……追い出されるの？」

「どうしてそっちに考える。この流れならこうだろう」

オーガスの手が俺の肩を回って抱き寄せられる。

傾いた身体はすっぽり彼の腕の中に入って、唇を奪われた。

「ン……」

発しようと思っていた言葉がキスに呑み込まれる。

もう一方の腕も伸びてきて抱き締められ、そのまま仰向けに押し倒され、唇が離れた。

「芝居は止めて本当の愛人になれと言ってるんだ。王妃にしたいところだが、男では王妃になれないからな」

悪い顔でにやりと笑われる。

以前見た時にはカッコイイとしか思わなかったその表情に、胸がドキンと鳴った。

ただ悪いカンジだけじゃない、色気が漂ってる気がして。

「え……っと……。それって……」

「全てを捧げるって意味、理解してるか？」

「持ってるものを全部あげる。俺のものって刀しかないけど」

「トボケた返事だな、成人男子。それとも、その覚悟はなかったか？」

手が、寝間着の襟元をたどる。

着物みたいに前を合わせてサッシュで結んだだけの寝間着は、ちょっと引っ張られただけで大きく胸が開いてしまう。

お城ではすっぽり被るタイプのものもあったのに、布の薄さとか考えると、もしかして『そういう』用の寝間着なんだろうか。世間的には俺は彼の愛人だから。

「どうした？　理解してなかったのか、理解して覚悟をしてなかったのか、理解して覚悟したか。返事はどれだ？」

ツツツ……、と指が布で隠れたギリギリの場所を滑る。

愛人の芝居は止めて、ベッドで押し倒されて、魔力供給じゃないキスをして、こんなふうに触られることの意味も、理解と覚悟と言われることの意味もわかった。

だって成人男子だから。

カッと顔を熱くした俺に、オーガスは満足そうな顔をした。

「お……、俺を全部あげたら、オーガスも少しは俺にくれる？　側に置いて、一人にしないって約束してくれる？」

「少し、か。慎ましいな。愛人なら全部をやるさ」

「それはダメ」

「ダメ？」

「王様か将軍か、そういう部分は残すでしょう？　だからそれ以外」

「プライベートの全て、ならいいのか？」

「……うん」

「欲がないな。俺はお前に役目ができても、全てにおいて俺を優先させるぞ。エリューンやトージュより俺を選べ。誰よりも、だ」

「欲がないんじゃないよ。オーガスにそういうのを求める人達が俺を引き剥がそうとしないようにとか、カッコイイオーガスを見てたいとか、そういう理由だもん」

「お前はホント、変わってるな。だがそこが俺を惹きつける。逃したら、二度と同じものは見つけられない」

「変わってなんか……っ！」

喋ってる途中で、彼は俺の襟元をはだけさせ、乳首に触れた。

「相思相愛の上お前の覚悟が決まってるんなら、話の続きは後でいいだろう？　ずっと我慢してきたんだ、この先に進ませてもらう」

指が、突起をクリッと捩(ねじ)る。

「う……っ」

思わず声が漏れてしまうほどの刺激。

「ず……、ずっとって、何時から？」

「初めて酒を飲ませてお前の泣き顔を見た時。我慢して笑う姿に『泣かせたい』と思った。いや、『啼かせたい』か？」

微妙なニュアンスの違い。

それにも気づいてしまう。……成人男子だから。

「感情を爆発させてやりたいと思った。取り繕ってるのじゃない、本当のリッカが見たい。剥き出しの感情を味わいたい、と。だがまあ、俺のものじゃないからな、我慢してお前に生きる喜びを教えることにしたが。お前は何時俺が欲しいと思った？」

「この……間、号泣した時……。優し……だけじゃなくて……、俺を自由に……。喋ってるんだからいじらないで！」

動きを止めない指を咎めると、彼は肩を竦めた。

「じゃ、やっぱり喋るのは後だな。こんなに可愛い乳首を前にいじらないでいられない」

言うなり、彼はパクリと俺の胸に噛み付いた。

正確には、乳首を口に含んだ。

「んん……っ！」

舌が、濡れた口の中で先を舐る。

男の乳首なんて触られてもくすぐったいだけだと思ってたのに、背筋がゾクゾクするような快感が走る。

「ここはお前のために空けておくから、俺以外の胸では泣くな」

胸の先に意識が集中する。

そこを舌がぺろりと舐める。

経験がないから、若いから、たったそれだけのことで下に熱が集まるのを自覚する。

「泣かせないって言って……、くれないの？」

「不幸は理不尽だからな。だが努力はする」

「俺も。……泣くことを思い出した？」

「うん？」

「俺が魔獣に向かった時、そう言って……痛ッ」

乳首噛まれた！

強くじゃないけど、他人にそんなとこ噛まれたのがショックだった。

「うるさいな」

「照れ隠しでも噛むのはヒドイ！」

「じゃ癒してやるよ」

傷を舐めるようにぺろりと舐められる。

「ひゃっ」

「色気のない声だな」

「男の人に胸舐められたことがないんだよっ！　びっくりするのは当然でしょ！」

「男の人には、か。女には？」

言いながらまたぺろりとやられる。

今度はそっと、ゆっくりと。

その方がざわざわする。

「されるわけないでしょ……！」

「女とも未経験……、だろうな。キスもしてなかったんだから」

「そうだよ。どうせオーガスは経験豊富なんでしょう！」

「……まあ、そこそこ」

あ、なんだろう。何かちょっとムカつく。

「どうした？」

「……嫉妬したみたい」

「は？」

「いや、わかんないけど。俺にとってはこういうことって特別だけど、オーガスにとってはそうじゃないんだって。他の人にも簡単に触れるんだって思ったら……ムカムカする」

「お前は……」

彼は顔を上げてため息をついた。

「いや、当然なのはわかってるよ。オーガスは俺より年上だし。でも……」

「お前は、どこまで可愛いんだ」

オーガスの可愛いの基準がわからない……。

「わかった。他の誰にもしたことがないように抱いてやる。リッカは特別だ。丁寧に、ちゃんと快感を得られるように。だから俺に任せろ」

「任せるって……」

「俺はお前が欲しい。これから先もずっと。だから性行為に嫌悪感を抱かないようにしないとな。腕の見せ所だ」

「見せるほど経験がある、と」

「引っ掛かるのがヤキモチかと思うと顔がにやけるな」

もうにやけてる顔で言われても。

「別にヤキモチとかじゃないです。男としての勝負に負けた気がするだけです」

ぷいっと横を向くと、まるでそれを待っていたかのように寝間着の裾を割って手が滑り込んでくる。

「経験がないから？　別にいいじゃないか。俺としては嬉しい限りだ」

手はそのまま下着の紐を解いた。

「ちょっ……」

「こんなもの着けたままでデキるわけがないだろう？　自分で脱ぐのすら恥ずかしいと言いそうだからな、おとなしくしてたら俺がしてやる」

う……、確かに人前でパンツを脱ぐなんて恥ずかしいかも。しかもこれからそういうコトをするために、その相手の目の前でというのは。

でも他人に脱がされるのも恥ずかしい。

抵抗する気はないけど、思わず腕で顔を覆った。

ベッドに座っていたのを押し倒されたので、膝から下はベッドの外。なので強引に脱がされた下着は膝までくるとストンと下に落ちる。

「脚を抜け」

落ちた下着を踏み付けて、彼は俺の脚を太ももから抱くようにして持ち上げた。

これで完全にノーパンだ。

当然のことながら、知識はある。村のオジサン達が酔ってする猥談にも耐性はある。けれど実際自分がされるというのは……。

手は、剥き出しになった俺の性器を握った。

声が出そうになって、自分の腕に噛み付く。

大きくてガサついた皮膚が、やんわりとそこを包む。

王様の手なのに、硬くて荒れているのは、彼が王である前に騎士だという証拠のようだ。

この手で、皆を守るために戦ってきたんだ。

赤目と戦っていた時の彼の真剣な表情を思い出すと、触られてる以上に胸が鳴る。

「腕をどけろ」

「……無理」

「引き剥がすぞ」

「やだ」

「大人なんだろ？」

「初心者だもん」

「顔が見たい。嫌がってないか、確かめたい。泣く場所を求める代わりに供物になってるんじないと確認したい」

その言い方は狡い。

これで顔を見せなかったら、まるで交換条件で身体を渡してるみたいじゃないか。

それは違う。

こういうことを全然考えてなかったわけじゃない。でも俺なんかを相手にするわけがないとも思っていた。俺なんかが彼に選ばれるはずがないから。

全てを差し出せというのは、献身的に仕えろって意味なんだろうと思い込もうとしてた。そう思ってれば、違っていた時に落ち込まなくて済むから。

ああ、でもそれって『間違ってたから仕方がない』って諦め方と一緒だ。

考え違いをしていたから、選ばれなくても仕方がないって諦める。

自分の欲しいものを諦める言い訳。

「リッカ?」

黙ってしまった俺に、彼の手が止まる。

俺はそうっと自分の腕を解いて顔を見せた。

ガッついてる筈なのに、心配そうに見てる青みがかった黒い瞳。

「俺は……、こういうことは初めてだし、上手く反応できないかもしれない。今までオーガスが抱いてきた人より劣るかもしれない。オーガスとこういうことするっていうのも、あまり考えたことがなかった」

顔が熱い。

まだ股間に残る彼の手に意識が向く。

「でも、交換条件とか、犠牲的精神とかで抱かれるって疑わないでね。好きな人以外とこんなことしないから。『選択』じゃなくて『望み』だから」

恥ずかしくても、これだけは言わないと。これだけは、間違って伝わって欲しくない。

俺を見る目を見つめ返すと、彼は困ったように眉を寄せた。

「……これが計算じゃないんだから、困ったもんだ」

「困る？　迷惑？」

「可愛過ぎて困る。セーブが効かなくなる。煽ったのはお前だって自覚しろよ？」

止まっていた手を離して、オーガスは自分の寝間着を脱ぎ捨てた。

逞（たくま）しい身体が剥き出しになって再び覆いかぶさる。

俺は風呂上がりにちゃんと下着をつけたけど、彼は裸体に一枚羽織っていただけみたいで、布越しに当たるものがあった。

「……っ」

それに照れる間もなく求められるキス。

今まで、オーガスとは四回キスした。

最初は俺から眠ってる彼への魔力供給、二回目も寝てる彼に俺からそっと唇を押し当てただけのキス。三度目はやっぱり魔力の供給のために彼に貪られた。四度目はさっき、言葉を奪うように彼から。

でも今までのとはまた違うキス。

軽く、何度も唇を重ねた後、舌が唇の形をなぞるように動いてからこじ開けて中へ。

動きはゆっくりとして、貪られるという感じじゃない。まるで俺を味わってるみたいにじっくりと求めてくる。

「は……っ」

塞がれてるから息が苦しくなって大きく口を開ける。

それに合わせて彼の舌が更に奥へ進む。喉の奥まで舐められるんじゃないかってほどに。

同時に手も、俺を求め始めた。

さっき一度離れた股間に伸びた手が俺のモノを包む。

自慰をするみたいにゆっくりと刺激を与えるから、嫌悪感はなかった。

「あ……」

もう会話をする余裕なんてない。

キスが緩んだ隙に呼吸して、呼吸するたびに喘ぎが漏れて……。

「は……ぁ…っ」

自分がこんな声を出すなんて考えもしなかった、甘い響き。

手は、握り込んだ先端を指で弄る。

敏感な場所を指の腹で擦られて、腰がビクビクッと震えた。

「や……、だめ……っ」

「出していい」

「汚れ……」

「大丈夫だ。汚していい。寝るベッドは隣の部屋にもある」

そういう問題じゃないのに。

「ん……っ。あ……っ！」

他人にされたことなんてないから、あっけないほど簡単に俺は射精してしまった。

あまりの早さに恥ずかしくなるけど、彼は気にせず手を動かし続けている。

「もう……イッたよ……」

わからないはずないのに。

「お前をイかせて終わりなわけがないだろう。まだ、だ」

キスを続けるから、表情は見えなかった。

そのキスも、唇から離れて頬へ、耳へ、顎のラインを辿って首筋へと移動してゆく。

一度達した身体は刺激に敏感で、それだけのことでまた煽られる。

熱の集まる場所はまだ彼の手の中にあるから、再び硬さを取り戻すのにも時間はかからなかった。

俺、そんなに性欲強い方じゃないのに。

プライベートのない古い日本家屋で祖父母と暮らしてたし、その気になる相手もいなかったから、自慰だって殆どしなかった。

オジサン達に風俗に誘われても断ってた。

なのにもう身体は『次』を求めてる。

相手がいる行為ってこういうものなんだろうか？

「あ……」

キスははだけた胸に下り、また舐められる。

執拗なほどに。

「ンン……っ」

上と下と、同時に責められて体温がどんどん上がってゆく。

暑くない部屋なのに、汗ばんでくる。

すると、彼は全ての行為を中断して身体を離した。

どうして？　という目で見上げると、視線を感じて彼は笑った。

「ここからが本番だ」

本番？

まだ纏っていた寝間着を俺から剥ぎ取り、ベッドの外に垂れていた脚もベッドの上に乗せられる。

全裸の彼の中心にある見慣れた見慣れないモノが目に入って、思わず目を逸らす。

大っきい。俺のと全然違う。

「準備がいいな。よくわかってる」

そのセリフは俺に向けてのものではなかった。

「舐めて濡らさなきゃならないかと思ったが、こっちの方が負担が少ない」

何を言ってるのかと半身を起こしながら逸らした目を彼に向け直すと、その手に綺麗なガラス瓶が握られていた。

……何？

「お前が俺の愛人なら必要になると思って用意してくれたんだろう」

「……薬？」

「いや、香油だ」

「香油？」

オーガスがフタを開けて、中身を手に零す。途端に鼻先に甘い花の香りが漂った。

どうして今香油なんか、と訊く前にそれが俺の股間に塗り付けられる。

「ひゃっ」

彼の手で塗られるから冷たいわけじゃないけど、濡れた感覚に声が上がる。

「ま……、待って……！」

膝を立て、脚を閉じるけど、手はお尻の方に伸びてそこに油を塗り付けた。

「オーガス……っ」

掌が、指になり、後ろの穴に念入りに塗られたかと思うと指先がするりと中に滑り込んだ。

「ひ……っ！」

その時、理解した。この油の意味を。

「だ……め……っ」

指先が、入口を浅く出入りする。

走る奇妙な感覚に思わず立てた膝を抱き締めた。でもそうすると彼の目的地はガラ開きになってしまう。

指は何にも遮(さえぎ)られることなく、何度も何度も中に入っては出ていった。やがて侵入の度合いは深くなり、滞在する時間も長くなる。

「痛くはないだろう？」

変な感覚に耐えるのに精一杯で、返事ができない。

「リッカ、顔を上げろ」

首を小さく横に振る。

「上げろ」

命令されて、潤んだ目だけを彼に向ける。

中に指を残したまま顔を寄せたオーガスが、キスをねだって顔を押し付けるから、起こしたばかりの身体がまたベッドに倒れる。

「あっ」

倒れたくないと身体に力が入って指を締め付けた。

「力を入れるな」

無理だ。

「脚を開け」

無理だ。

「リッカ」

無理、無理、無理。

初めてだって言ったじゃないか。要求に応えてあげたいけど、無理だから。

頑なに丸まってると、強引に膝を掴まれて開かされた。

そしてキスをねだっていたはずの唇は開いた脚の真ん中に下り立った。

「や……っ！」

さっきの、硬い手と違う、濡れて柔らかいものが、屹立していた俺のモノを包む。

「やだ……っ、だめ……っ！」

快感。

指を咥えた場所がビクビクと痙攣する。

彼の口の中に放つわけにはいかないから精一杯我慢するけど、それを許さないというように中で指が蠢くから、苦しくて気持ちいい時間が続く。

「やだ……ぁ……」

懇願するように言っても、動きは止まらない。

「お願い……、口だけでも離して……」

「出していいぞ」

「絶対イヤッ！」

完全な拒否を口にすると、やっと口は離れてくれた。口は、だ。指はまだ残ってる。

「……抜いて」

こちらも、涙ぐんだ顔でお願いするとすぐに抜いてくれた。

……と、思ったんだけど。

「自分が、こんなに欲望に弱いとは知らなかった。欲を感じたことがなかったからかもしれないな」

「……オーガス？」

「お前は、俺が忘れたり知らなかったものを、一つずつこじ開けてゆくやっかいな存在だな。エルネストやエリューンを弟として可愛がったつもりだが、あいつらがどんなに我慢していても泣かせてやりたいなんて思わなかった」

手が膝裏を取る。

「王は涙を見せてはいけないと思ったから、泣くことを忘れた。だがきっと、リッカを失ったら俺は号泣するだろう」

「あ……」

脚が持ち上げられて、開かれる。

「望めば相手はいくらでもいるし、子を成すことに注意しなければならなかったから、性行為がコントロールできないことはなかった。お行儀よくすることもできる」

その間に彼が身体を移す。

硬くなって頭をもたげた彼のモノが香油で濡れた場所に当たる。

「なのに今、我慢ができずに口に出した言葉を覆させる。王に嘘をつかせた」

「……それはいいんじゃない？」

「何？」

「だって、オーガスは俺の前では王様じゃないんでしょう？」

「そうか。じゃあ、『丁寧にしてやる』は撤回だ。俺を満足させてくれ」

俺の左脚を肩に掛け、支えていた右手で自分のモノを支えて俺に押し付ける。

されてしまう……。

オーガスに、やられてしまう。

男同士でも、繋がらないで終わることもあるって知ってる。俺がしてあげれば受け入れなくても許されるだろう。お互いが果てれば、男なら満足できるはずだ。

そうどこかで読んだ本に書いてあった。

知ってるのに、俺は逃げなかった。

怖いけど、恥ずかしいけど、よくわかんないけど、逃げなかった。

「あ……」

指より太いものが肉を押し広げる。

力を抜かなきゃって思うのに、力が入る。

求めるように彼に腕を伸ばすと、オーガスは俺の腕に嵌まったままのエリューンの腕輪を捕らえた。

「初めてならしてた方がいいが、他人の紋が付いたものを付けさせておきたくない」

そしてそれを外した。

と、同時に彼が押し入ってくる。

「あ……っ！」

腕輪があった場所に噛み付かれた。

甘くじゃない。歯を立てて、痛みが走るほど。そしてすぐにぺろりと舐めた。

「あ、あ、あ……」

でも腕の痛みなど感じないほど、侵入者の異物感に感覚が支配されている。

痛みはあった。入れる場所ではない場所に入られてるんだから。

でもあの香油のせいなのか、耐えられないほどではないことに驚いた。

彼が細心の注意を払ってくれてるからかも。最初の一突きの後はゆるゆるとした動きで俺の呼吸に合わせてくれてる。

圧迫感と違和感。

オーガスの身体が近づいてきて、取られた腕を何度も噛まれた。今度は甘く、食(は)むように。

近づかれる度に場所は移動し、腕輪があった場所から肘に、二の腕の内側に、肩に。

もしかして、下肢(かし)への痛みを分散させようとしているのだろうか？　でも香油のせいで痛みは薄いから、与え続けられる疼(うず)くような微かな痛みはクセになって、それすら愛撫(あいぶ)になる。

呼吸をする度に咥えた場所が彼を締め付けてる。

異物があるから完全に閉じることができなくて、呼吸が中途半端に止まって浅くなる。

呼吸が浅いから、酸欠で頭が朦朧(もうろう)とする。

朦朧とする意識は簡単に快楽を受け入れてしまう。

中で擦れ合う肉に時折電気のような刺激が走り、それが全身に広がって散ってゆく。

散った先で電気信号は明滅しながら身体を官能的に作り替える。

初めてなのに気持ちいいと感じてしまうように。

揺蕩(たゆた)うように溺(おぼ)れていると、突然彼が俺を押さえ付けた。

「あ……、いッ！」

それまでと違う激しい動き。

ゆっくりと侵入していたものが、いきなり深く打ち込まれる。

「ひっ……ア……ッ！」

さっきまで奥で当たっていた場所を突き破るように。何度も、何度も、内臓に届くかと思われるほど深く穿(うが)たれて腰が浮く。

のしかかるような身体が、上から俺を貫いてゆく。

勢いで、身体がずり上がった。

「オーガぁ……、あ……ッ。い……ッ！」

突かれる奥が疼く。

当たる度に、ゾクゾクと鳥肌が立つ。

この感覚を何と表現したらいいのか。

「は……ぁ……」

目眩(めまい)がした。

朦朧としていた意識が陶酔に変わる。

前を握られて与えられたのとは違う快感が生まれて全身が痺れてくる。

もう腕を上げることもできなくて、シーツを強く握った。本当は彼にしがみつきたかったのに。

突かれる度に声が漏れ、止まらない。

「リッカ」

彼の声が鼓膜を震わせる。

「ずっと側にいろ。俺はどこまでもお前を離さないから」

一人にしないという誓い？

だとしたら嬉しい。

「俺を覚えろ」

覚える？

何？

「これが俺の力だ」

もう一度、彼は俺の奥を突いた。

「あぁ……っ！」

その衝撃に、再び射精してしまう。

ビクンと背を反らして震える俺の中で、彼は一旦動きを止めてから再び痙攣する俺を突き上げた。

「や……、何……っ」

身体の内側に熱いものが注がれる。

オーガスが中で放ったのはわかった。

けれど、それが肉体に染み入るように熱を広げてゆく。細胞の一つ一つが、注がれたものに応えてゆく。

活性化するという表現が一番合ってるかもしれない。今感じているものが何倍にも強く感じられるようだ。

強い快感というより、快感の残滓を際立たせて長引かせるような感覚。

彼で感じた絶頂が小さな泡のように全身で次々と弾けて消えていかない。

「な……に……?」

「魔力供与だ。お前に俺の魔力を注いだ」

体液は魔力。精液もそうだと聞いてはいたけれど、こんなに気持ちいいものなの？

彼が、コトに及ぶ前に魔力封じの腕輪を外させたことを思い出した。『初めてならしてた方がいい』と言ったのはこれのことか。あの腕輪があれば、魔力を感じることなく、普通の快感

で終わってたのだろう。

初心者に無茶をする、と思ったけど、心遣いのできる彼がそれをわかってまで『自分』を伝えたかったのかと思うと面映ゆい。

「気持ち悪くないか？　合わないと吐き気がするらしいが……」

俺が黙ってると、彼が顔を覗き込んできた。

「オーガスは……どうだった……？」

「キスした時か？　気持ちよかったな。マズイと思うほど」

「……じゃ、一緒。これマズイ……」

俺の返事に、オーガスはにやりと笑った。

この顔……。ワルイコトを企んでる顔だ。でも何故今？

「そうか。そいつはよかった。このまま続けられそうだ」

「……え？」

「まだ抜いてないだろ？　満足するまで続ける。今まで我慢したんだからな」

優しい人。

気遣いのできる人。

でもやっぱりこの人は王様だ。自分の欲しいものは全て手に入れる暴君だ。

「俺、初心者……っ！　あ……」

再び身体をまさぐられ、鎮まりかけた身体が熱を持つ。

「俺も我慢できない欲望に囚われた初心者だ。こんなに離れたくないと思ったのはお前が初めてだからな」

だから俺は覚悟を決めるしかなかった。

「クッ……その言い方はズルイ！」

その暴君の愛人になったんだなって。

この人を愛してるんだな、って……。


眠りに落ちる前の静かな時間、ポツポツと言葉を交わした。

オーガスはやっぱり王様には戻らない。スタンピードのせいで各地に現れた魔獣の後始末をするためにまた戦いに赴くつもりだと言った。

森には国軍の全勢力を傾けたが、地方では各領地の私兵が対処している。

恐らく完全な掃討はされておらず、魔獣自体は森に出たものよりも弱いが、対峙する軍も弱いので討伐はてこずっているだろう。手を貸さなければ不満が出る。たとえ少数の軍であっても、元王が出れば納得するだろう。

「討伐、行くの？　俺はお留守番？」

「いいや、リッカを一人にしない。その約束は破らない」

優しく響く声。

「魔力量の話は別として、リッカを魔剣士見習いとして公表し、俺の補佐官にしようと思っている。剣の使い方はトージュが教えてくれるだろう。お前が戦うのが苦手なのはわかっているが、それでも離れない、離せない。目を離すと何をするかわからんからな」

冗談めかして言ったけれど、言葉の響きは真剣だった。

「うん。俺も側にいたい」

オーガスがどんなに強くても、戦いに出るなら失う可能性はある。『いい子』にして、おとなしく待って、離れている間に失って後悔するくらいなら、二人で生き延びる方法を探しながら戦う方がいい。

「そんな可愛い顔で『側にいたい』なんて言われると、補佐官じゃ我慢できないな。俺は王を降りるし、男のお前を王妃にはできないが、いつでもお前を抱き寄せられるようにお前が俺の伴侶であることは宣言しよう」

……王様、すぐに辞められるのかな。

「伴侶？」

「そうだ。どこにいても、何をしていても、お前を隣に置く。お前がいなくなったら泣くと言ったろう？　危害を加えられれば自分のことのように怒る。取り上げられたら奪い返しに行く。お前はもう俺の半身だから」

「前の出撃の時、『一人にはしない。死にそうになったら、意地でも戻ってお前も連れて行こう』って言ってくれたよね？　あれはどういう意味？」

「……あの時から、もうお前と離れ難いと思っていた。死ぬことは自然の摂理だが、たとえ死であっても、お前は置いていかれるのは嫌なのだろうと思った。だから望むなら、死の先まで連れて行ってやろうと思ったんだ。……身勝手な考えだな。それでもずっと一緒にいてやりたかった」

ずっと一緒。

その約束は嘘ではなくても。必ず叶うことではないと知っている。

でもそれを叶えるための努力をして、後悔をしないようにはできる。

「だが嵐は去った。これからは共に生きることを考えよう」

「うん……」

俺が頷くと、優しい手が頬に触れた。

「暫くこの離宮で過ごし、世間的には愛欲に耽る姿を見せよう。王城に戻ったらエルネストへ正式に王位を譲渡する。討伐の態勢が整ったら、トージュを伴って出る。もちろん、お前も一緒に」

うつらうつらし始めた俺に、彼は続けた。

「……エリューンは？」

「もちろん貴重な戦力だ。俺達のことを報告しなけりゃならないし、同行させる。……相当睨まれるだろうが」

「全部終わったら、四人でここに住む？」

「それもいいが、ここは王都から遠いからな。王をエルネストに任せるなら、もう少し城の近くに住んでやらないと」

「じゃ、ミリアの森はどう？」

「悪くないが、エリューンが許すか？」

「うーん……」

トージュが上手くやれば可能性はあると思うけど、それをまだオーガスに伝えたくはない。

この人、過保護だからいらぬお節介しそうだもの。

「もし四人で暮らすなら、防音の魔道具を用意しないとコウイウコトはできないな。お前は恥ずかしがりだから」

抱き締めてくれる腕の温かさに眠気が増す。

「リッカ？　寝たのか？」

起きてる、と言いたいが返事はできなかった。

「……ゆっくり休め。ずっとここにいるから」

額や耳に触れる彼の唇を感じると、余計に安堵して、意識を手放してしまう。

ここは安心して甘えられる場所だから、俺が愛する、俺を愛してくれる人が『ここにいる』と言ってくれるから。

そうして落ちた深い眠りの中、俺は夢を見た。

エルネストに色ボケした兄上に国王は務まらないと城を追い出された俺達は、エリューンと暮らしていたあの森の館へ向かった。

エリューンは文句を言いながら俺とオーガスを迎えてくれて、トージュも自分は前世でリッカの兄だったからと押しかけてきて、四人であの館で暮らすことにした。

居間のテーブルでトージュとオーガスが何やら話し合い、俺とエリューンはキッチンで料理を作る。

同じテーブルで食事をして、笑い合って。

オーガスが俺にキスすると、二人の『兄さん』が節操がないと怒るんだ。反対はしないけれど、人前では控えなさいって。

夜には四人でお酒を飲んで、エリューンは弱いみたいだから先に眠ってしまうかも。それを寝室へ抱いて運ぶのがトージュだったらいいな……。

夢の中で、俺達は家族だった。

失っても、生きていれば新しく家族を作ることはできるんだ。

愛する者を見つけることだってできる。

生きてることに意味がないなら、自分がそれに意味をつければいい。

俺はきっとオーガス達に会うために生きてきたんだ。どんな悲しみも、傷も、彼の腕に包まれるためのものだったのだと思えばいい。

この中の誰かが理不尽な不幸に奪われたら、きっと俺は大声で嘆くだろう。声の限りに泣き叫ぶだろう。

けれど、後悔だけはしたくない。

あの時、ああしておけばよかった。まだあれをしてなかった。もっとこうしておけばよかった、なんてことはもう考えたくない。

生きている間しかできないのだから、精一杯望んで、掴んで、笑って、怒って、愛したい。

きっとこの人とだったらそれができるだろう。

俺を望んで、掴んで引き寄せて、笑って、怒ってくれて、泣いたら抱き締めてくれて、こんなにも激しく愛してくれた人なら。

いつか辛い過去を思い出しても、苦しい背中を撫でて、流れる涙を拭ってくれる人だもの。

だから俺は幸せな夢を見る。

大好きな人達と『生きる』夢を。

夢で見る幸福を現実にしてくれる人の隣で。

シャイな日本人だけど、いっぱい『愛してる』を言える練習をしよう。

もう失わないなんて思わない。失うことを恐れながら、失わないための努力をするんだ、彼と共に。

そう思いながら……。

あとがき

皆様初めまして、もしくはお久し振りでございます。火崎勇(ひざきゆう)です。

この度は『孤独を知る異世界転移者は最強の王に溺愛される』をお手に取っていただき、ありがとうございます。

イラストの稲荷家房之介(いなりやふさのすけ)様、素敵なイラストありがとうございます。担当のM様、色々とお世話になりました。

さて、今回のお話、いかがでしたでしょうか？

ちょっとファンタジー色が強くないか、いやこの程度でファンタジーと考えるのはおこがましいか、と書いてからも悩んでおりました。

でも、美しいキャララフを拝見してからは、書いてよかったと思っております。

リッカは、もし現代で生きていたら元気な普通の青年だったと思います。

けれど全てを失って、打ちのめされて、何もかもを諦めてしまったから変な強さを得てしまったのです。どうせみんななくなるんだから、どうでもいい、という。

一方のオーガスは産まれた時から王になることが決まっていて、彼自身も王となるのだと決意し、こちらもまた殆どのものを捨てて『王たるべき』強さを持っていました。

二人の違いは手の中に残るものが『ある』か『ない』かだと思います。

まあそんな二人のこれからはどうなるのでしょうか？

ここからはネタバレありなので、お嫌な方は後回しで。

目出度く両想いになったので、二人の恋愛は大丈夫でしょうが、周辺事情が……。

オーガス狙いの令嬢達からは目の敵にされるかもしれませんが、リッカは美形というほどではないけれど整った顔をしているので、社交界に出たら惹かれる令嬢もいるのではないかと。

そうなると面白くないのはオーガス。かといって女性相手には何もしませんが、その嫉妬心は夜にリッカにぶつけられるかと。

まあ普通に考えれば王の伴侶に手は出しませんよね。でもそれでは面白くないから、スタンピードが落ち着いて隣国との交流が盛んになって、隣国の王子とかが懸想するとか。

国交問題があるから、オーガスも王子も表面上は争わないけれど水面下でバチバチ。

しかもその王子が転生者で、ついリッカも同じ世界の人だと気を許したり。いや、いっそのこと高校の時の友人だったとか？

そうなるとオーガスは話題についていけないし、リッカは懐いてしまうし、問題かも。

そんな時に黙っていないのはエリューンかな。リッカにどっちが好きなのかを確認してから、私の弟に手を出さないでくださいとキッパリ。

本当の兄ではないだろうと反論されると、もちろん本当の兄も出て来るでしょう。

でも最後には、リッカ自身が「ごめんなさい」するかな。だって、オーガス一筋ですから。

さて、そろそろ時間となりました。それでは皆様、また会う日まで御機嫌好う。

カクテルキス文庫

好評発売中！！

王弟殿下は転生者を溺愛する

火崎勇
Illustration: すがはら竜

お前が私の、ただ一人の愛しい人

平凡な会社員の海老沢大志は、とある事故で異世界転生してしまう。名門侯爵家のリオンに生まれ変わっていた大志は、記憶喪失のふりでリオンの文官の仕事をすることに。大志がリオンのダサ眼鏡を外してボサボサの髪を切り、身なりを整えると、とびっきりの美男子に‼　城で注目され、遊び人と噂される王弟オリハルト殿下に口説かれて⁉「殿下は好みではありません‼」ハッキリ拒絶するも、なぜか更に執着されて、熱い腕に蕩かされてしまい―⁉　王弟殿下×努力家の転生男子の極甘愛♥

定価：本体760円＋税

カクテルキス文庫

Cocktail Kiss Label

好評発売中！！

◆葵居ゆゆ

青の王と花ひらくオメガ　笹原亜美 画　本体755円+税

青の王と深愛のオメガ妃　笹原亜美 画　本体760円+税

キャラメル味の恋と幸せ　古澤エノ 画　本体760円+税

共鳴するまま、見つめて愛されて　北沢きょう 画　本体760円+税

◆伊郷ルウ

天狐は花嫁を愛でる　明神 翼 画　本体639円+税

赤ちゃん狼が縁結び　小路龍流 画　本体685円+税

異世界で癒やしの神さまと熱愛　えとう綺羅 画　本体685円+税

熱砂の王子と白無垢の花嫁　えとう綺羅 画　本体685円+税

花嫁は豪華客船で熱砂の国へ　水綺鏡夜 画　本体685円+税

八咫鴉さまと幸せ子育て暮らし　すがはら竜 画　本体755円+税

虎の王様から求婚されました　古澤エノ 画　本体755円+税

お稲荷さまはナイショの恋人　すがはら竜 画　本体760円+税

異世界の後宮に間違って召喚されたけど、なぜか溺愛されてます！　明神 翼 画　本体760円+税

◆上原ありあ

囚われた砂の天使　有馬かつみ 画　本体639円+税

◆海野幸

ウサ耳オメガは素直になれない　小椋ムク 画　本体755円+税

活動写真館で逢いましょう　～回るフィルムの恋模様～　伊東七つ生 画　本体760円+税

◆えすみ梨奈

天才ヴァイオリニストに見初められちゃいましたっ！　立石 涼 画　本体685円+税

◆栗城 偲

嘘の欠片　一夜人見 画　本体755円+税

◆sooneone

御曹司は初心な彼に愛を教える　すがはら竜 画　本体760円+税

◆小中大豆

異世界チートで転移して、訳あり獣人と森暮らし　Ciel 画　本体760円+税

◆清白 妙

転生悪役令息ですが、王太子殿下からの溺愛ルートに入りました　明神 翼 画　本体760円+税

◆高岡ミズミ

恋のためらい愛の罪　蓮川 愛 画　本体632円+税

今宵、神様に嫁ぎます。　～花嫁は強引に愛されて～　緒田涼歌 画　本体573円+税

恋のしずくと愛の蜜　蓮川 愛 画　本体639円+税

竜神様と僕とモモ　～ほんわか子育て溺愛生活♥～　タカツキノボル 画　本体639円+税

情熱のかけら　えとう綺羅 画　本体685円+税

月と媚薬　立石 涼 画　本体685円+税

溺れるまなざし　やすだしのぐ 画　本体685円+税

オメガの純情　～砂漠の王子と奇跡の子～　小山田あみ 画　本体755円+税

不器用な唇　First love　金ひかる 画　本体760円+税

不器用な唇　Sweet days　金ひかる 画　本体760円+税

イケメンあやかしの許嫁　明神 翼 画　本体760円+税

◆橘かおる

神獣の寵愛　～白銀と漆黒の狼～　明神 翼 画　本体573円+税

神獣の溺愛　～狼たちのまどろみ～　明神 翼 画　本体630円+税

黒竜の花嫁　～異世界で王太子サマに寵愛されてます～　稲荷家房之介 画　本体639円+税

神の花嫁　タカツキノボル 画　本体648円+税

レッドカーペットの煌星　明神 翼 画　本体685円+税

その唇に誓いの言葉を　実相寺紫子 画　本体685円+税

神主サマはスパダリでした　タカツキノボル 画　本体685円+税

黒竜の寵愛　～異世界で王太子サマと新婚生活～　稲荷家房之介 画　本体685円+税

神様のお嫁様　タカツキノボル 画　本体685円+税

カクテルキス文庫をお買い上げいただきありがとうございます。
先生方へのファンレター、ご感想は
カクテルキス文庫編集部へお送りください。

〒102-0073　東京都千代田区九段北3-2-5 5F
株式会社Jパブリッシング　カクテルキス文庫編集部
「火崎　勇先生」係　／　「稲荷家房之介先生」係

◆カクテルキス文庫HP◆ https://www.j-publishing.co.jp/cocktailkiss/

孤独を知る異世界転移者は最強の王に溺愛される

2024年4月30日　初版発行

著　者　火崎　勇
©Yuu Hizaki

発行人　藤居幸嗣

発行所　株式会社Jパブリッシング
〒102-0073　東京都千代田区九段北3-2-5 5F
TEL　03-3288-7907
FAX　03-3288-7880

印刷所　中央精版印刷株式会社

ISBN978-4-86669-661-4　Printed in JAPAN